# LEXI C. FOSS

# L'ÎLE AU VENIN

∽ UN ROMAN DU SECTEUR DES EXILÉS ∾

*L'île au Venin*

Titre original : *Venom Island*

Copyright © 2024 Lexi C. Foss

Tous droits réservés.

Traduit de l'anglais (US) par : Jean-Marc Ligny

Édition par : Outthink Editing, LLC

Relecture par : Katie Schmahl & Jean Bachen

Conception de la couverture : Couvertures par Juan

Photographie de couverture : Wander Aguiar

Modèles de couverture : Vargo & Kiana

Page de titre et illustrations des chapitres : Couvertures par Julie

Publié par : Ninja Newt Publishing, LLC

Édition imprimée :

ISBN : 978-1-68530-390-7

**Avertissement concernant l'IA : ce livre ne contient aucun élément de contenu généré par IA. Tous les dessins ont été conçus par de vrais artistes, et tous les textes ont été écrits par l'autrice.**

*Pour celles et ceux qui aiment les lectures rapides et noueuses avec des fins heureuses et plaisantes.*
*Enrique est prêt à te faire ronronner, petit trésor...*

# À PROPOS DE L'ÎLE AU VENIN

**Bienvenue dans le Secteur des Exilés, où vivent les Alphas les plus meurtriers de la planète.**
**Ces êtres ne font pas bon ménage avec les autres. Ils ont été bannis.**
**Et un avion rempli d'Omégas vient de s'écraser sur leurs îles.**

Nous sommes chassées.
Leurs grondements féroces nous poursuivent.
Leurs hurlements nous hantent.
Leurs nœuds nous appellent.
Et leur sauvagerie nous terrifie.

Certaines s'échapperont.
Certaines seront attrapées.
Trois d'entre elles seront *revendiquées*.

Je m'appelle Caja. Et voici comment un Alpha nommé Enrique
m'a sauvée des horreurs du Secteur Bariloche.

Sauf que notre avion s'est écrasé sur l'île au Venin…

**Note de l'autrice :** La série du Secteur des Exilés comprend trois romans indépendants, au rythme rapide et pleins d'action. Ils peuvent être lus dans n'importe quel ordre et chaque histoire aboutit à une fin heureuse.

# BIENVENUE DANS LE SECTEUR DES EXILÉS,

## OÙ VIVENT LES ALPHAS LES PLUS MEURTRIERS DE LA PLANÈTE.

**Ces êtres ne font pas bon ménage avec les autres. Ils ont été bannis.**
**Et un avion rempli d'Omégas vient de s'écraser sur leurs îles.**

Ce monde n'est pas tendre. Il est futuriste et dystopique, et plus de 90 % de la population humaine n'existe plus. Les surnaturels sont au pouvoir, et leurs territoires sont souvent appelés « secteurs ». Les Alphas y établissent les règles et tous les autres obéissent. Ceux qui se rebellent sont soit tués, soit envoyés dans le Secteur des Exilés.

L'île au Venin.
L'île aux Cauchemars.
L'île aux Parias.

Ces trois îles font partie du célèbre Secteur des Exilés. Elles sont gouvernées et dirigées de manières totalement différentes. Les espèces surnaturelles et leurs dynamiques sont variables. Et elles se gèrent elles-mêmes.

Il n'y a qu'une seule règle qui s'applique à l'ensemble du Secteur des Exilés : une fois que tu as été condamné à l'exil, il n'y a pas de retour possible. Le Secteur des Exilés est chez toi maintenant. Adopte-le. Survis-y. Ou meurs.

L'Alpha Enrique et l'Oméga Caja sont les personnages principaux de l'*île au Venin*, un lieu où règne le chaos. C'est une jungle remplie de créatures mortelles, qui a terriblement besoin d'un changement de régime.

Voici quelques thèmes que tu trouveras dans l'*île au Venin* :
- ✔ Consentement entre le héros et l'héroïne
- ✔ Mentions de non-consentement/viol chez des personnages secondaires
- ✔ Éducation à la dure pour l'héroïne (privation forcée de nourriture ou d'eau, captivité, figure paternelle abusive)
- ✔ Pas de drame avec une autre femme ou un autre homme (pas de tromperie)
- ✔ Grossesse/reproduction
- ✔ Énergie primale
- ✔ Mâle alpha excessivement possessif
- ✔ Vibrations de « touche-la et meurs »
- ✔ Nouages, nichages, ronronnements, grognements (je veux dire, ce livre ne serait pas complet sans tout cela, pas vrai ?)

# CAJA

Un fort craquement secoue les fondations de ma cage et me hérisse les poils des bras.

Des gémissements se font entendre autour de moi. Des sanglots, aussi.

Je suis nouvelle dans cet enfer, pourtant j'ai toujours su que c'était mon destin. Mon Alpha — celui dont la semence m'a donné la vie — m'a parlé de mon destin il y a très longtemps.

« Quand tu seras majeure, tu rejoindras le terrain de jeu de l'Alpha Carlos », m'a-t-il craché, dégoûté par mon existence même.

Je suis une Oméga. Nulle. Je ne vaux que le prix que l'Alpha du Secteur Bariloche a été prêt à payer pour moi. Il s'est avéré que ce prix n'était guère élevé, d'où l'hématome qui marque ma mâchoire.

« J'aurais dû te tuer quand tu étais un chiot », a grogné mon Alpha avant de me jeter dans cette cage.

*C'était il y a combien de jours ?* me demandé-je, serrant les bras sur mon abdomen et luttant contre les frissons qui parcourent mon dos nu. *Quand est-ce la dernière fois que j'ai bu ou mangé ?*

Le temps est insaisissable ici. Une moquerie. Une façon d'imposer l'obéissance et de terrifier les occupants de cette prison souterraine.

Je déglutis tandis qu'une autre trépidation ébranle ma cage. J'ignore ce qui se passe, mais c'est intense.

— Qu'est-ce que c'est ? demande l'une des Omégas à proximité, d'une voix à peine plus haute qu'un murmure.

— Je ne sais pas, répond une autre avec un fort accent, étranger à mes oreilles de louve.

Adossée aux barreaux entrecroisés, je remonte encore plus mes genoux contre ma poitrine. Je ne peux pas me tenir debout dans ma cage, seulement m'agenouiller, ce que j'évite de faire car le sol métallique s'incruste dans ma peau nue.

Un autre tremblement fait vibrer mon corps, et les *boums* gagnent en force et puissance.

Mon animal gémit en moi, terrifié par ce qui se passe. Extérieurement, je contrôle ma respiration et j'essaie de réguler mon rythme cardiaque. Mon Alpha m'a appris à demeurer silencieuse et immobile. Il détestait ma voix. Il abhorrait tous les bruits que j'émettais.

« La seule chose à laquelle une Oméga est bonne, c'est à prendre un nœud, disait-il. Et je ne peux pas te nouer, putain. Alors sois reconnaissante que je te laisse respirer. »

J'étais sa seule fille ; tous ses autres enfants étaient des mâles qui avaient la même opinion que mon Alpha.

« Nulle », me disaient-ils tous les jours. Rien de ce que je faisais n'était jamais bien. Ils détestaient ma cuisine. Ils détestaient mon ménage. Ils détestaient mon existence.

Et les autres Omégas faisaient de même.

« Tu n'as aucune raison de pleurer, m'a dit un jour ma gouvernante – une Oméga qui n'était pas ma mère mais la femme que mon Alpha avait chargée de mon éducation. Ils ne te touchent jamais et ne te noueront jamais. Alors fais ton satané boulot, Caja, et nettoie ce bordel. »

Je crois que j'avais huit ans à l'époque. Ou peut-être neuf ?

*Ça fait au moins dix ans*, m'étonné-je. J'ai l'impression que c'était il y a cent ans.

Un tonnerre roule autour de moi, faisant presque jaillir mon cœur de ma poitrine. Mais je me reprends vite, déterminée à faire face à ce qui se présente avec calme.

*C'est le meilleur moyen d'éviter la punition*, me rappelé-je. *Accepte le destin. Sois discrète. Fonds-toi dans le décor.*

Sauf que cela devient de plus en plus difficile, car les grondements s'amplifient chaque seconde. Jusqu'à ce que soudain tombe un silence complet.

Je retiens mon souffle et mes oreilles s'efforcent de capter tout changement subtil dans l'air, toute impression de danger.

Rien.

J'expire. Inspire. Écoute encore.

Toujours le silence.

Mais une odeur de brûlé s'insinue dans l'air, me faisant plisser le nez.

Quelqu'un gémit de nouveau dans la pièce. Un autre geignement.

Et la fumée commence à s'épaissir autour de nous. Suivie du faible écho de crépitements.

*Un incendie*, réalisé-je. Mon calme apparent s'efface et mon cœur se met à battre à un rythme chaotique. *Quelque chose est en feu. Et je suis coincée dans une cage. Oh, lunes…*

J'appuie ma main sur le métal, je peux à peine glisser mes doigts entre les barreaux entrecroisés. Je n'ai pas tenté de m'échapper ni même bougé depuis que mon Alpha m'a jetée ici sans ménagement. C'était inutile. Si je m'enfuyais, je serais pourchassée, violée et sans doute tuée. C'est ce qui arrivait aux Omégas dans ma meute d'origine.

J'ai toutes les raisons de croire qu'il en sera de même ici.

Mais je ne veux pas être *brûlée* à mort !

Je pousse contre le métal, ma peur monte à mesure que la puanteur âcre devient de plus en plus prégnante. Tout comme les ondoiements vacillants de flammes en approche.

*Merde, merde, merde…*

La cage ne bougera pas.

Je prends une grande inspiration – grimaçant à cause de la fumée qui s'infiltre dans mes poumons – et j'étudie les bords de la cage, puis l'endroit où mon Alpha m'a enfermée.

*Y a-t-il un moyen de…*

Un martèlement m'emplit soudain les oreilles, l'écho

de grondements d'Alphas ajoutant une profondeur à ce bruit inquiétant.

Je me fige, puis recule d'un bond pour serrer de nouveau mes genoux contre ma poitrine nue, déterminée à représenter l'incarnation de la soumission.

Une porte s'ouvre à la volée, provoquant des frissons dans mon échine, que j'essaie de réprimer. Mais mon pouls me trahit, mon cœur bat un peu trop vite.

— *Putain*, grogne un Alpha. Enrique ! Elias ! Il y en a d'autres en bas !

Je dresse les oreilles aux pas lourds qui suivent les cris du mâle.

— Elles sont dans des foutues cages ! ajoute l'Alpha d'un ton furieux.

Je me recroqueville sur moi-même autant que possible, ne voulant pas être la cible de cette fureur. Parce qu'il a l'air de vouloir tuer tout ce qui bouge. Et je ne sais que trop bien ce que font les Alphas lorsqu'ils sont furieux.

Il dépasse ma cage et se dirige vers le fond de la pièce.

Mes épaules retombent un peu, un bref soulagement permet à mes nerfs de se calmer. Mais les poils de mes bras se hérissent une fois de plus lorsque deux ombres massives pénètrent dans la place.

— Merde, dit l'un d'eux. Ça doit être une nouvelle cargaison.

— Une nouvelle cargaison ? répète le troisième.

— Ouais, grommelle-t-il, son irritation semblant se déverser de lui par vagues. Des Alphas du monde entier échangent leurs Omégas à Carlos contre toutes sortes de merdes − des jouets omégas usagés, des sérums, des drogues, des psychédéliques et j'en passe.

Le troisième Alpha ricane.

— Ça me donne envie de le tuer à nouveau.

— Si seulement, opine l'Alpha. (Il porte son attention sur moi.) Je m'occupe de celle-là.

Mon cœur s'arrête, tout comme ma respiration. *L'irrité s'en prend à moi. Il va…*

— Chut, chuchote-t-il.

Un étrange ronflement naît dans sa poitrine tandis qu'il s'approche de ma cage. Je penche la tête, troublée par cette vibration inconnue. C'est un grognement très curieux. Ou peut-être… peut-être pas un grognement du tout.

— Je ne vais pas te faire de mal, petite, me dit-il avant d'arracher le verrou de la porte de ma cage − une action qui trahit ses véritables intentions.

Je ne peux pas m'empêcher de me coller aux barreaux derrière moi, mon corps aussitôt en alerte. Mais il n'essaie pas de me tirer hors de la cage. À la place, il me tend la main et murmure d'une voix douce :

— Sors de là, ma chérie. On doit aller dehors, puis on te mettra en sécurité.

*En sécurité ?* me répété-je muettement. *Aucun endroit n'est sûr.*

Ce monde a été envahi par une peste du genre zombie, tuant la majeure partie de l'humanité ainsi que plusieurs surnaturels. Mais pas mon espèce, toutefois. Les loups du X-Clan sont immunisés. D'autres le sont également. Or nous sommes contrôlés par des Alphas.

Et les Alphas sont l'incarnation du danger. Le concept de *sécurité* n'existe pas.

— S'il te plaît ? insiste-t-il.

Je ne crois pas avoir déjà entendu prononcer ce mot en ma présence. Je sais ce qu'il signifie car je l'emploie souvent pour demander de la nourriture ou de l'eau. Mais qu'un Alpha le dise ? À moi ? *C'est très bizarre.*

Plusieurs autres cages ferraillent tandis que les Omégas sont libérées une à une, les autres Alphas leur disant des paroles similaires à celles que celui-ci m'a adressées.

— Montez l'escalier, intime le troisième Alpha à deux femelles grelottantes. Sven et Kazek vous montreront où aller.

Les Omégas se dispersent sans discuter ni même hésiter avant de suivre son ordre.

Quant à moi, je m'interroge beaucoup sur l'homme devant moi. Il s'accroupit un peu, son visage est plongé dans l'obscurité. Cependant, un éclat jaune me parvient tandis que son loup me fixe.

— Je ne vais pas te faire de mal, répète-t-il, en espagnol cette fois. Tu peux me faire confiance.

Je fronce les sourcils, déconcertée par son changement de langue.

Comme je ne réponds pas, il dit autre chose que je ne comprends pas du tout, car ce n'est que du charabia. Puis il essaie une nouvelle fois, émettant des sons plus rudes et gutturaux.

— Russe, peut-être ? suggère le troisième Alpha en venant près de ma cage.

— Je ne parle pas le russe. Seulement l'anglais, l'espagnol, l'italien et l'allemand.

— Hmm, marmonne le mâle en se penchant pour regarder dans ma cage.

Je me recule, plus effrayée par lui que par l'autre mâle. Je ne sais pas trop pourquoi, mais celui qui parle toutes ces langues me paraît moins intimidant.

— Nous n'allons pas te faire de mal, dit le troisième Alpha en anglais. Je m'appelle Elias. Si tu me flaires, tu sauras que je suis déjà accouplé.

Je ne vois pas trop en quoi cela a de l'importance, alors je me contente de le fixer.

— Lui, c'est Enrique. Il n'est pas accouplé, mais il croit au consentement. (Le troisième Alpha – *Elias* – jette un coup d'œil à son ami.) Pas vrai ?

— Oui, acquiesce le moins intimidant, sans donner plus de détails.

— Nous sommes ici pour réduire cet enfer en cendres. Mais pour ça, il faut que tu quittes cette cage et que tu montes à l'étage, me dit Elias.

Je cligne des yeux. *Le réduire en cendres ? C'est pour ça que je sens la fumée ?*

Enrique répète ce qu'a dit Elias, mais en espagnol, puis passe aux autres langues qu'il connaît.

— Je comprends l'anglais, lui dis-je finalement. Et l'espagnol.

Il ne dit rien pendant un long moment, son regard semblant chercher le mien malgré l'obscurité qui nous entoure. Peut-être que sa vue de loup est meilleure que la mienne, car je ne vois que des ombres sur son visage, mais je perçois l'intensité de ses yeux.

Il me tend à nouveau la main, son bras étant retombé quand Elias l'a rejoint.

— Tu veux bien monter avec moi ? demande-t-il en espagnol plutôt qu'en anglais.

Je déglutis. Refuser d'obéir à un Alpha, c'est un peu comme se suicider. Je ne sais pas trop pourquoi je ne lui ai pas encore obéi. C'était purement instinctif, ce qui est étrange étant donné le nombre de fois où j'ai suivi les ordres des Alphas au fil des ans.

Je me racle la gorge et m'avance enfin, lentement à cause de l'étroitesse de la cage. Enrique fait un pas en arrière, sa main toujours offerte, tandis que j'atteins la porte ouverte.

Je baisse les yeux vers le sol, cherchant la meilleure façon de descendre, car ma cage est perchée sur une table. Si j'étais sous ma forme de louve, je sauterais tout simplement. Mais sur deux jambes − et sans l'espace nécessaire pour tenir debout −, je risque plutôt de tomber face contre terre.

Avoir faim et soif n'arrange pas les choses non plus.

Je ferme les yeux, j'expire et je pose enfin ma main dans la large paume d'Enrique. L'électricité bourdonne dans mon bras en réaction à ce simple contact. Ce courant électrique s'amplifie à mesure qu'il me tire doucement hors de la cage et me prend dans ses bras avant de me poser sur mes pieds.

Je vacille, mes jambes et mon dos sont endoloris d'avoir été pliés si longtemps. Grimaçant, j'essaie de faire un pas en avant, mais je perds complètement l'équilibre et me retrouve plaquée contre un torse massif d'Alpha.

La vibration qu'il a émise tout à l'heure reprend vie, provoquant un frisson dans mon bas-ventre. C'est un grognement très agréable, j'en conviens. Cela me donne envie de me fondre dans son large torse et me lover contre ses pectoraux.

—Je n'ai jamais entendu un Alpha faire ça, confié-je à mi-voix tandis qu'il me porte dans l'escalier. Qu'est-ce que c'est ?

Il s'immobilise sur les marches, et son brusque arrêt me fait réaliser mon faux pas.

*Je viens d'interroger un Alpha. Oh lunes, à quoi j'ai bien pu penser ?*

—Je suis désolée, Alpha, ajouté-je aussitôt, baissant la tête autant que je le peux en étant blottie contre son torse. Je… je ne parlerai plus.

— Tu peux parler autant que tu veux, répond-il, cette vibration s'amplifiant sous ses paroles. Et c'est un ronronnement, *pequeño tesoro.*

*Petit trésor,* traduis-je en frissonnant. Cela me paraît anormal qu'il m'appelle ainsi. Peut-être que j'ai mal entendu ?

Il reprend l'ascension de l'escalier sans rien dire d'autre. Je reste silencieuse moi aussi, puis je sursaute quand une lumière tombant d'en haut me frappe les yeux. Elle est aveuglante. Trop vive. *Écrasante.* Il m'est impossible de voir ce que nous faisons. Non pas que j'aie le choix de l'endroit où nous allons ou de ce qui se passera une fois que nous y serons.

— Elle est sous-alimentée mais pour le reste, elle semble indemne, l'entends-je dire.

— Très bien. Emmène-la sous les arbres, répond une

voix grave. (*Un autre Alpha.*) On a installé quelques couvertures avec de quoi boire et manger. Il faudra qu'elle prenne l'un des derniers vols.

— D'accord, répond Enrique.

Et le monde bouge lorsqu'il reprend sa marche. Ce n'est que lorsque l'odeur de la forêt m'atteint que ma vue commence à s'accomoder, et à ce moment-là, Enrique m'installe sur quelque chose de doux.

— Essaie de manger, me dit-il. Ander passera bientôt nous informer de la suite des événements.

*Ça ne présage rien de bon,* songé-je, mais je me contente de hocher la tête. Surtout parce que je ne sais pas quoi dire ou faire d'autre.

Ses jointures frôlent ma joue, attirant mon regard vers son visage, ce qui me coupe le souffle.

Parce que *wow.*

*Grand. Large d'épaules. Un Alpha sacrément sexy.* Et ses yeux sont d'une belle nuance de noir qui m'évoque la nuit. Je n'ai jamais vu un Alpha comme ça. Pas de cicatrices. Pas de lignes dures. Pas de cheveux en bataille ou de bave coulant sur son menton. Juste des traits parfaitement ciselés. *Et des fossettes,* remarqué-je quand il retrousse un peu ses lèvres pleines.

— Salut, petite louve. (Ses jointures effleurent à nouveau ma joue juste au moment où quelqu'un derrière lui l'appelle.) Mange, *pequeño tesoro.* L'un de nous reviendra bientôt prendre de tes nouvelles.

Il se relève, ce qui me fait réaliser qu'il était accroupi près de la couverture. Maintenant qu'il est debout, je ne peux pas m'empêcher de le fixer bouche bée. Il est vraiment massif. Si je me tenais à côté de lui, le sommet de ma tête atteindrait sa poitrine.

Pourtant, je n'ai pas peur de lui. Peut-être à cause de la façon dont il me regarde, ou peut-être de son ton. *Ou ce ronronnement*, me dis-je quand il s'éloigne. Mes yeux tombent sur son postérieur, et mes joues s'échauffent alors que j'admire son cul ferme dans ce jean moulant.

Je ne pense pas avoir déjà reluqué un Alpha, mais celui-là… celui-là est digne d'admiration.

— Tu veux une couverture ? murmure quelqu'un à côté de moi, me rappelant que je ne suis pas seule ici.

Une partie de moi le savait déjà, car que mon nez m'a notifié les autres odeurs. Mais jusqu'à présent, mon attention était entièrement absorbée par Enrique. Je jette un œil aux trois autres Omégas blotties près des provisions, qui me regardent les yeux écarquillés.

Une blonde aux longues tresses me tend une couverture, suggérant que c'est elle qui me l'a proposée. Hochant la tête, je la prends et en enveloppe ma nudité. J'ai été sans vêtements pendant si longtemps que je ressens à peine la chaleur que la couverture m'apporte. Tout mon corps est glacé.

Ou du moins l'*était*. Car mon flanc est chaud. Ce flanc qui était contre la poitrine de l'Alpha Enrique il y a quelques instants. C'est presque comme si sa chaleur naturelle s'était infiltrée sous ma peau, me marquant comme sienne.

J'aime bien cette idée.

— Ils nous regroupent en plusieurs expéditions, m'informe l'Oméga aux tresses. Personne ne sait où nous allons.

Je la dévisage de nouveau, remarquant ses yeux bleus et sa peau pâle, à l'opposé de mes cheveux bruns, mes yeux noirs et mon teint basané. La forme de ses yeux est également différente. Elle est unique. Je n'ai jamais vu quelqu'un avec de tels traits. Ni senti l'odeur d'une louve comme elle.

*Pas une louve X-Clan*, décidé-je.

La femelle à ses côtés n'en est pas une non plus. En fait, je ne crois pas du tout qu'elle soit une louve.

— Qu'est-ce que tu es ? l'interrogé-je, dévisageant la créature aux cheveux blond foncé d'origine inconnue.

Elle cligne une paire d'yeux d'un rouge saisissant, lance un regard aux autres, puis reviens à moi.

— Euh… Je suis une vampire.

J'écarquille les yeux.

— Oh. C'est… c'est intéressant. Et toi ? demandé-je à celle aux longues tresses.

— Louve Ulv, me répond-elle.

— Je vois. Je suis une louve du X-Clan, me présenté-je, ce qui me vaut un hochement de tête de la part de la troisième Oméga, dont je peux dire à son odeur qu'elle est du même type que moi.

— Comment tu t'appelles ? demande la louve Ulv.

— Caja, lui dis-je. Et toi ?

— Hel, répond-elle. (Puis elle désigne la vampire et ajoute :) Et elle, c'est Guðrún. Nous venons de nous rencontrer.

— Et moi je m'appelle Paige, déclare la louve du X-Clan avant que Hel la présente. Je ne suis ici que depuis quelques jours.

— Pareil, répond Hel.

— Moi aussi, murmure Guðrún.

C'est peut-être pour cela que nous sommes toutes regroupées – nous sommes la *nouvelle cargaison*, comme l'a suggéré Enrique tout à l'heure.

— Avec un peu de chance, on ne va pas rester longtemps, supposé-je.

Je repère du regard l'Alpha en question au bout d'un pré ouvert. Les bras croisés sur sa large poitrine, il regarde deux Alphas de taille et de stature similaires.

— Est-ce qu'ils nous emmènent dans un endroit pire qu'ici ? s'enquiert la vampire à voix basse.

— Je ne sais pas, répond Hel. Mais je crois qu'on va bientôt le savoir.

# ENRIQUE

Je sens les yeux de l'Oméga posés sur moi depuis l'autre bout du champ, ses orbes sombres faisant comme une marque sur ma peau.

*Stupéfiante*, songé-je, imaginant son regard avec aisance. *Absolument magnifique.*

Et nue. Complètement nue, putain.

Dieux, il m'a fallu de la retenue pour rester focalisé sur son visage. C'était trop mal. Elle était vulnérable. Manifestement maltraitée. *Une captive.*

Et sans nul doute la plus belle Oméga que j'ai jamais vue.

J'ai donné aux autres l'autorisation d'atterrir, déclare Ander, son aura dominante s'assurant que nous sommes tous à l'écoute. Après quoi nous embarquerons les Omégas blessées qui nécessitent le plus une intervention médicale et nous les enverrons dans le Secteur Andorra. Riley est déjà en train de préparer leur arrivée.

Je hoche la tête. Riley est une doctoresse oméga. Je n'ai passé que quelques minutes avec cette petite tigresse aux cheveux bleus, mais c'est une force de la nature.

— Et celles qui n'ont pas besoin de soins médicaux immédiats ? demande Kaz.

Sa domination rivalise avec celle d'Ander. Ce sont tous deux des Alphas du secteur X-Clan. Cependant, Ander a plus d'expérience que Kaz. Bien que leurs auras dominatrices agitent mon loup intérieur, je ne voudrais défier ni l'un ni l'autre. Non pas que je les craigne. Mais je les respecte simplement trop pour chercher à les combattre.

De plus, j'ai envers eux une dette de gratitude pour m'avoir permis de les accompagner dans cette mission. Non seulement j'avais un passé à affronter ici, dans le Secteur Bariloche, mais j'avais aussi un frère à sauver.

*Un jumeau qui est actuellement sous bonne garde dans l'un des jets,* pensé-je en grimaçant. *Au moins, il est en vie.* Bien que, après l'avoir vu dans cette cage il y a une heure, je ne sois pas vraiment sûr que Joseph *veuille* être en vie.

— Les Omégas X-Clan qui peuvent se soigner seules n'ont pas besoin d'aller dans le Secteur Andorra, répond Ander à la question de Kaz. En fait, je préférerais qu'elles aillent ailleurs. Ça rendra les choses moins compliquées. Tu peux en prendre dans le Secteur Hiver ?

— Si elles sont d'accord, oui, opine Kaz.

Ander acquiesce.

— On peut leur donner le choix entre le Secteur Andorra, le Secteur Hiver ou le Secteur Nordique. Parce qu'elles ne peuvent pas rester ici.

— Et les Omégas qui ne sont pas des louves X-Clan ? questionné-je, lançant un coup d'œil au groupe où j'ai laissé mon petit trésor.

— Nous devrons tendre la main à certains alliés pour leur proposer des options, répond Ander.

— Bonne chance pour trouver un allié vampire, grogne Kaz.

Je ricane, d'accord avec lui. Les vampires alphas sont carrément terrifiants.

— Dommage que Kieran ne soit pas resté dans les parages pour nous aider sur ce coup-là, ajoute-t-il.

— Ou sur n'importe quoi d'autre, marmonne Sven en rejoignant notre petit cercle.

Il ne ressemble en rien à son frère Ander. Sven est blond aux yeux clairs, tandis qu'Ander a des cheveux noirs et des yeux dorés. Sven a aussi l'air un peu moins dominant que son frère aîné, mais il est tout aussi intimidant.

Elias est le dernier à compléter notre groupe. Nous avons mené tous les cinq l'attaque contre l'ex-Alpha du Secteur Bariloche.

Bon, techniquement, nous avons reçu l'aide de quelques loups du V-Clan. Mais Kieran et ses deux Élites ont foutu le camp dès qu'ils ont trouvé ce qu'ils voulaient dans le domaine de Carlos, nous laissant nettoyer le bordel.

Je suppose que ce n'est que justice. C'est un territoire du X-Clan, après tout. Et la plupart des Omégas enfermées dans les cachots de Carlos sont originaires du X-Clan.

*Y compris mon petit trésor*, pensé-je en la regardant une fois de plus.

Cette fois, je la surprends en train de me fixer, ses yeux en amande me frappent même de loin.

Ander et Sven se mettent à discuter de la logistique du vol, décidant qui ira où, tandis que je capte le regard de la jolie Oméga. Il lui faut quelques battements de cils pour baisser les yeux, ce qui remue mon loup en moi. Nous aimons les Omégas fortes, celles qui n'ont pas peur de défier notre autorité.

Lors de notre rencontre, j'aurais dit que celle-ci n'était pas du tout du genre à me défier, mais maintenant… je n'en suis plus si sûr.

— Bon, il ne nous reste plus que les Omégas non blessées et non X-Clan, dit Ander, captant à nouveau mon attention car à présent, il parle du groupe de mon petit trésor.

Bien qu'elle soit une Oméga X-Clan. Ce qui veut dire qu'il lui proposera de choisir un secteur.

*Je me demande où elle préférera aller ? D'où vient-elle au juste ?*

Parce qu'elle n'est pas une Oméga du Secteur Bariloche. Je la reconnaîtrais si c'était le cas, puisque j'ai grandi ici.

— Je vais passer des appels, mais j'ai besoin de quelques détails, comme leurs noms, comment elles se sont retrouvées ici, et si elles ont des préférences sur l'endroit où aller, poursuit Ander. Elias ?

— Je m'en occupe, opine le second du Secteur Andorra.

— Je vais t'aider, proposé-je, ayant envie de faire

quelque chose qui m'évite de penser à mon frère et à sa compagne catatonique.

— Tu ne veux pas accompagner ton jumeau au Secteur Andorra ? s'étonne Ander, arquant un sourcil noir. Il sera dans le premier vol qui décolle dans dix minutes.

Ils ont assommé mon frère avec de puissants tranquillisants après que nous l'avons trouvé enragé dans sa cellule. Malheureusement, ces médicaments ne feront pas effet longtemps. Et mon frère a besoin d'un traitement immédiat. Tout comme une poignée d'autres Alphas qui ont été emprisonnés avec mon frère, et plusieurs Omégas gravement blessées – dont la compagne de mon jumeau, Savi.

Ander a réparti les Alphas dans un avion et les Omégas dans l'autre, les séparant judicieusement au cas où un Alpha féroce s'échapperait de ses entraves.

— Tu as besoin que j'accompagne mon frère ou tu as besoin de mon aide ici ? demandé-je en soutenant le regard d'Ander. J'ai une dette envers toi pour m'avoir aidé à nettoyer ce bordel. Et je me sens mal de partir en laissant tout en plan, surtout que ma connaissance du Secteur Bariloche peut encore s'avérer utile. Mais si tu as besoin de plus de muscles dans le jet qui transporte mon jumeau, c'est là que j'irai.

L'Alpha du Secteur Andorra me considère un long moment.

— Tu as raison. Tu as plus de valeur ici. Mais je comprendrais que tu aies besoin d'accompagner ton frère. (Il lance un bref regard à Sven.) C'est ce que je serais tenté de faire dans ta situation.

Je passe mes doigts dans mes cheveux, parcourant du regard le terrain et les groupes d'Omégas.

— Je ne peux pas faire grand-chose pour mon frère pour le moment. Nous l'avons trouvé. Maintenant, il a besoin de soins médicaux.

En supposant que cela puisse au moins l'aider.

Son visage hargneux envahit mon esprit, me faisant grimacer intérieurement. Joseph ne m'a pas reconnu du tout. Bon sang, je ne suis même pas sûr qu'il sache encore son propre nom, sans parler du mien.

Je secoue la tête pour évacuer ces pensées.

— Je ne peux pas faire grand-chose pour lui dans ce jet, à part l'assommer de nouveau… ce dont je n'ai vraiment pas envie.

Ander acquiesce, un éclair de compréhension dans ses yeux dorés.

— Alors tu vas nous aider ici. De plus, ce sera utile d'avoir un autre pilote en réserve en cas de besoin.

Elias me tape sur l'épaule.

— Commençons par la nouvelle « cargaison » de Carlos, dit-il en faisant référence au dernier groupe que nous avons trouvé dans les bunkers souterrains. Elles devraient être les plus faciles à interroger sur leur histoire et la façon dont elles sont arrivées ici. Ensuite, nous travaillerons à rebours à partir de là.

Mon regard se porte aussitôt sur le petit trésor emmitouflé dans une couverture.

— Ça me va.

Je laisse Elias prendre les devants, conscient que les Omégas seront plus à l'aise avec lui en raison de son statut d'Alpha accouplé.

Bien sûr, être accouplé ne signifie pas grand-chose dans le Secteur Bariloche, vu l'ancienne politique de Carlos. Il préconisait activement le partage des Omégas accouplées, en premier lieu pour punir les Alphas qui les revendiquaient. Ceux sous son commandement, en tout cas. *Des Alphas comme mon frère.*

La seule façon de briser un lien entre des compagnons X-Clan est de tuer l'Alpha. Hélas, l'Oméga en devient souvent folle. Carlos a donc choisi de détenir les Alphas dans ses cachots pendant qu'il abusait de leurs compagnes omégas. C'était malsain et tordu, et foutrement cruel. Faire partie de l'équipe qui l'a abattu n'a guère soulagé ma culpabilité d'avoir été associé à ce salaud.

La plupart des secteurs du X-Clan me considéraient comme le second du Secteur Bariloche, tout comme Elias est le second d'Ander dans le Secteur Andorra. Ce n'était pas mon vrai titre, car Carlos refusait de nommer un second. Il me voyait comme un général. Hélas, cette distinction ne compterait pas pour la plupart de ceux de mon espèce. L'affiliation et la notoriété étaient bien réelles, et entachaient nettement mon identité dans notre monde.

La nouvelle de ma participation aux événements d'aujourd'hui se répandra vite – comment j'ai aidé deux autres Alphas de secteur à abattre Carlos. Je n'ai aucune idée de ce que cela impliquera pour ma réputation, ni même de l'endroit où je pourrai vivre. Car pour l'instant, je n'ai pas de chez-moi. Surtout parce que je viens d'aider Ander et Elias à le réduire en cendres.

Je réprime l'envie de danser d'un pied sur l'autre,

préférant écouter Elias se présenter – et me présenter – au groupe d'Omégas blotties autour de mon petit *tesoro*.

Elle est la seule à ne pas avoir de vêtements, ce qui laisse penser qu'elle a été livrée à Carlos dans cet état.

— Pouvez-vous nous donner vos noms, s'il vous plaît ? Ainsi que le secteur d'où vous venez ? demande Elias d'une voix douce en mettant un genou à terre devant les quatre Omégas.

Au lieu de m'agenouiller ou de m'accroupir derrière lui, je vais m'asseoir à côté de l'Oméga que j'ai portée hors du bunker. Elle me lance un coup d'œil mais ne tente pas de s'écarter, elle me regarde simplement étendre mes jambes et croiser mes chevilles. Posant les mains par terre derrière moi, je me penche en arrière et croise son regard curieux. Elle frissonne, ce qui m'incite à tendre la main pour resserrer la couverture autour de son corps svelte. C'est une réaction toute naturelle, dont je me rends compte une seconde trop tard qu'elle pourrait être importune. Mais elle n'a pas l'air d'en être gênée. En fait, elle esquisse un léger sourire, ce qui suggère le contraire.

Quand Elias en aura fini avec ses questions, je trouverai quelque chose à lui mettre. Elle doit avoir froid. Ça a beau être l'été dans cette partie du monde, il fait toujours froid dans les montagnes.

— Je m'appelle Paige, déclare une petite Oméga du X-Clan, les yeux baissés en signe de déférence. Je viens du Secteur Cusco.

— Guðrún, se présente la vampire à côté d'elle, d'un ton quelque peu timide. Nid Älva.

Elle ne baisse pas les yeux comme Paige, mais

dévisage Elias avec circonspection, comme si elle attendait qu'il émette des commentaires.

Il hoche simplement la tête et se tourne vers la femelle aux traits nordiques. Elle est soit une louve cendrée, soit une louve Ulv, d'après son odeur. Son expression est à la limite du défi lorsqu'elle se présente sous le nom de Hel.

— Et d'où viens-tu, Hel ? insiste Elias.

— Ça dépend, répond-elle. Pourquoi veux-tu savoir ?

Elias la considère un instant, un sourire au coin des lèvres malgré son impolitesse flagrante. La plupart des Omégas s'inclinent devant les Alphas. Pas celle-ci, de toute évidence. Heureusement pour elle, Elias est plutôt relax. Moi aussi.

Mais si elle tente de parler à Ander ou à Kaz de cette façon, elle sera vite éduquée sur la hiérarchie du X-Clan et sur ce que signifie être une Oméga dans notre monde.

— On essaie de déterminer d'où vous venez et où vous aimeriez aller, l'informe Elias d'un ton patient. Tu es la bienvenue dans le Secteur Andorra, mais on peut aussi te ramener chez toi, si tu préfères.

Hel plisse les yeux, la suspicion transparaissant clairement dans son expression.

— Ça me paraît trop beau pour être vrai. Et d'après mon expérience, le *beau n*'existe pas vraiment dans ce monde.

Guðrún acquiesce, tout comme Paige. Mais l'Oméga près de moi reste silencieuse, son attention passant de moi à Elias.

— Comment as-tu atterri ici ? demande-t-il à Hel. As-tu été enlevée ou échangée ?

— Les deux, grommelle-t-elle. Enlevée comme épouse forcée, puis échangée contre un modèle plus soumis. (Elle croise les bras, son air de défi revenant en force.) Tu connais Jarl ?

Elias fronce les sourcils et me jette un coup d'œil.

— Je n'ai jamais rencontré quelqu'un portant ce nom, lui dis-je.

— Moi non plus, renchérit Elias. Qui est Jarl ?

Hel le fixe un long moment, l'évaluant lui, puis moi.

— C'est un loup Balor. Du Secteur Naturel.

Elias fronce encore plus les sourcils. Mais une alarme se déclenche dans ma tête, et un visage apparaît dans mes souvenirs.

— Grand, nez crochu, menton pointu, cheveux blonds clairsemés ? Et sentant la moisissure ?

Hel se fige, ce qui me dit que non seulement je l'ai bien décrit, mais qu'elle n'est pas sa plus grande fan.

— Tu le connais, alors.

— Je l'ai vu quelques fois dans le coin, admets-je. Mais non, je ne le connais pas. Il est mort, aussi. L'une des nombreuses victimes alphas tombées aujourd'hui au cours de notre raid. (Je hausse les épaules.) J'espère qu'il ne comptait pas trop pour toi.

Parce que je ne peux pas vraiment m'excuser pour cette perte. Lui, comme bien d'autres, a mérité son sort aujourd'hui.

— Il… il est mort ? répète-t-elle, sa bravade semblant lui faire défaut cette fois. Oh. (Elle plisse le front.) *Oh.*

— Votre raid ? relève Paige, détachant enfin son regard du sol. Que… qu'est-ce que tu veux dire ?

— Nous avons mis fin aux activités de Carlos ici, lui explique Elias. Maintenant, nous avons la tâche très difficile de vous renvoyer toutes chez vous, si c'est là que vous voulez aller. Je vais donc vous demander à nouveau d'où vous venez. Et si vous ne voulez pas le dire, alors où voulez-vous aller ?

Hel et Paige se regardent, puis Hel se racle la gorge.

— Secteur Sauvage, dit-elle. Mon frère est l'Alpha Ragnar.

Elias hausse un peu les sourcils de surprise, qu'il masque aussitôt par un hochement de tête.

— J'ignore si nous avons des connexions avec lui, mais Ander a un contact dans cette région – le Secteur de l'Ombre – sur lequel il peut compter. On va arranger ça.

Il se tourne vers Paige.

— Je… je ne veux pas retourner dans le Secteur Cusco.

Ce qui n'est pas surprenant. Le Secteur Cusco n'est guère mieux que Bariloche.

— Comme j'ai dit, tu es la bienvenue dans le Secteur Andorra. Nous avons aussi des Alphas dans le Secteur Nordique et le Secteur Hiver qui seraient ravis de t'accueillir, si tu préfères, lui dit Elias avant de passer à Guðrún.

Elle garde le silence un long moment, puis lui dit doucement :

— Il n'y a pas d'endroit sûr pour une vampire Oméga.

— Peut-être que Kieran peut l'aider ? suggéré-je.

Elias grimace mais concède un « peut-être » du bout des lèvres.

Les loups du V-Clan sont semblables aux vampires en ce sens qu'ils ont besoin de boire du sang et qu'ils préfèrent la nuit. Les vampires Omégas sont également compatibles avec les Alphas du V-Clan. Il y a donc aussi cet avantage.

Par ailleurs, je comprends très bien la réticence d'Elias à contacter Kieran. Les Alphas du V-Clan sont exceptionnellement puissants, presque effrayants.

— Et toi ? demande Elias, portant son attention sur mon petit trésor silencieux.

Elle a écouté tranquillement toute la conversation, ses beaux yeux noirs scintillant d'intelligence. Quand je l'ai trouvée dans cette cage, j'ai cru qu'elle était docile. Mais ce n'est pas le cas. Elle est calme, posée et très attentive.

— Je m'appelle Caja, dit-elle. J'ai toujours été destinée au Secteur Bariloche, alors je ne sais pas trop où aller.

— Comment ça, tu as toujours été destinée au Secteur Bariloche ? m'étonné-je avant qu'Elias réponde.

*Ce petit trésor est à moi*, me dis-je, et mon loup grogne son accord en moi.

Elias n'est pas une menace, je le sais, mais je ne veux pas qu'il interroge cette Oméga. C'est à moi de le faire. À moi de la protéger. Juste… *à moi*.

Je me fiche que nous venions de nous rencontrer. Son parfum m'appelle. Sa beauté. *Ses yeux*. Des yeux qui m'évoquent un feu noir quand elle me dévisage.

— Mon Alpha a toujours dit que je finirais ici. C'est mon but depuis ma naissance : être vendue dès que j'aurais atteint l'âge adulte.

Ma mâchoire se crispe, l'idée que cette belle Oméga n'ait eu de valeur qu'en tant que marchandise du Secteur Bariloche me tape sur les nerfs.

— De quel secteur est ton Alpha ? m'enquiers-je, faisant de mon mieux pour adoucir mon ton et ravaler ma rage grandissante.

Elle ouvre la bouche pour répondre, puis se revise et demande :

— Est-ce que je vais y retourner ?

— Non, réponds-je aussitôt.

*Mais il se peut que je rende visite à ton Alpha et que je le tue*, pensé-je sombrement.

— Oh. Alors… alors ça n'a pas d'importance ?

— Si, dis-je sans hésiter. (Car plus j'y pense, plus j'ai envie de détruire celui qui a osé vendre ce magnifique petit trésor.) Qui t'a donnée à Carlos ?

Sa pulpeuse lèvre inférieure disparaît sous ses dents tandis qu'elle réfléchit à sa réponse.

— L'Alpha Bautista.

Mon loup grogne en moi, faisant écho à la fureur qui couve dans mes veines.

Parce que j'ai tout faux. Cette femelle vient bien du Secteur Bariloche. Pas de la partie centrale du territoire, mais des terres de la périphérie sous l'ex-protection de Carlos.

Bautista est – *était* – un connard sadique qui vivait à cent cinquante kilomètres d'ici dans un village délabré, d'où il gérait la distribution du trafic d'esclaves omégas de Carlos. Si Bautista avait pu troquer cette femelle pour son propre compte, cela voulait donc dire qu'elle était sa fille.

*Putain.*

— Bautista est mort, lui annoncé-je.

*Et c'est moi qui lui ai tiré une balle dans la tête.*

# CAJA

Je fixe le bel Alpha, dont les paroles résonnent dans mes pensées.

*Bautista est mort.*

— Tu es sûr ? demandé-je, évitant de trahir le chaos qui se répand en moi.

Car je n'ai aucune idée de ce que cela implique pour moi. Ni d'où je vais aller à présent. Dans un autre secteur ? Vers un nouvel Alpha ?

*Est-ce que je peux me mettre avec celui-ci ?* songé-je, puis je grimace en mon for intérieur. *Je ne le connais même pas. Mais je… j'ai à moitié envie de le connaître.*

— Oui, répond-il, me déroutant une demi-seconde avant que je me rappelle la question que je lui ai posée. Je lui ai tiré dessus. Il aidait à protéger Carlos, et…

Enrique hausse les épaules, l'air à la fois désolé et impénitent.

— Oh. (Je fronce le nez.) J'ignorais qu'il était encore là.

Je supposais qu'il m'avait laissée dans cette cage et

qu'il était retourné dans notre meute. Mais non. Il était resté. *Et maintenant, il est mort.*

— Oh, répété-je en cillant.

Je ne sais vraiment pas quoi penser de cette nouvelle. Honnêtement… je ne ressens pas grand-chose.

Elias se racle la gorge.

— Tu n'es pas obligée de décider où tu veux aller tout de suite, me dit-il. Mais j'aurai besoin d'une réponse bientôt.

Je lance un regard à l'autre Alpha et j'acquiesce.

— D'accord.

Or je n'ai aucune idée de la décision qu'il attend de moi. Je ne sais rien des secteurs qu'il a mentionnés. Le Secteur Bariloche est tout mon monde. Avec mon Alpha. Et l'Alpha Carlos.

*Que vais-je devenir maintenant ?*

— Bon, on va passer au groupe suivant, mais si vous avez besoin de quoi que ce soit, appelez-nous, dit Elias en se relevant. Nous reviendrons pour connaître vos décisions finales.

Hel et Guðrún hochent la tête.

Je fixe Enrique, qui me manque déjà alors qu'il n'a pas encore bougé. *Cette étrange fascination est-elle due au fait qu'il m'a libérée de ma cage ou à autre chose ?* réfléchis-je, détaillant une fois de plus ses traits splendides. *Pourquoi suis-je si entichée de cet Alpha ? Est-ce à cause de ses traits parfaits ? De ses yeux bienveillants ?*

— Qu'est-ce que tu aimerais porter ? me demande-t-il au lieu de se lever comme l'autre Alpha. Un pull ? Un jean ? Une robe ?

Je bats des cils, la confusion obscurcit mes pensées.

—Je… je ne possède aucun vêtement.

Mon Alpha me l'a bien fait comprendre lorsqu'il m'a forcée à me déshabiller avant d'entrer dans la cage : « C'est à moi, a-t-il ricané. Enlève ça. »

Je frissonne en me rappelant comme il m'a suivie des yeux après que je me suis déshabillée. Le dégoût et la haine rayonnaient de ses yeux noirs – si semblables aux miens.

« J'aurais dû te tuer quand tu étais un chiot. »

Puis il m'a poussée dans la cage, et il est parti.

— Caja, murmure Enrique, attirant mon attention sur sa bouche. Qu'est-ce que tu portes d'habitude chez toi ?

— Ce que ma gouvernante me donne, lui dis-je en clignant des yeux avant de les lever vers lui.

Il émet à nouveau ce délicieux ronronnement, ce qui émeut ma louve en moi. Son parfum boisé m'intrigue aussi. J'ai envie d'enfouir mon nez dans son torse, d'enrouler mes bras autour de ses larges épaules et de ne plus jamais le lâcher.

— D'habitude, c'est une robe ou un jean ? insiste-t-il.

Je hausse les épaules.

— Un sac. (Ce qui, je suppose, pourrait ressembler à une robe ?) Cette couverture me convient, ajouté-je. Merci.

Il me dévisage un long moment avant de lever les yeux sur Elias.

—Je vais lui trouver quelque chose à se mettre. Tu peux t'occuper du groupe suivant ?

Elias lui lance un regard étrange, que je n'arrive pas bien à définir. Amusé, peut-être ? Espiègle ?

— Bien sûr, dit-il d'un ton un brin enjoué.

*De l'humour ?* songé-je, incertaine. J'ai parfois entendu mes frères employer ce ton lorsqu'ils parlaient entre eux, mais je n'ai jamais trouvé leurs blagues très drôles.

Enrique effleure ma joue de ses jointures avant de se lever et de regarder Elias.

— Hurle si tu as besoin de moi.

— Envoie-moi Sven, répond Elias. Il pourra m'aider pendant que tu pars en mission. (Il s'éloigne, puis se retourne et ajoute :) Ne laisse pas Kaz lui coller au train. Il va effrayer les Omégas.

Enrique grogne mais ne répond pas, il s'en va simplement et me donne de nouveau à voir son derrière athlétique.

— Tu es proche de ton cycle de chaleurs ? s'enquiert Hel, la question s'adressant apparemment à moi car elle me fixe droit dans les yeux.

—Je… je ne sais pas. Je n'en ai jamais eu.

Mon Alpha m'a mise sous inhibiteurs ces deux dernières années, en disant quelque chose à propos de l'Alpha Carlos qui voulait rendre mes premières chaleurs *explosives*. Quoi que ça veuille dire.

— Pourquoi tu demandes ça ?

— Parce que tu reluques cet Alpha comme si c'était un plat que tu voudrais dévorer, répond-elle d'un air entendu.

— Je… (Je ne sais pas quoi répondre, car je ne saurais dire si elle me taquine ou me réprimande.) Il a été… gentil avec moi.

Ça a l'air nul. Mais c'est tout ce que je trouve à dire.

— Il est sympa, opine Paige. Ils le sont tous les deux.

— Ça ne veut pas dire qu'on peut leur faire confiance, ajoute Hel à voix basse, ses yeux bleus balayant notre entourage. Je ne sais pas ce qui se passe, mais je m'enfuis à la première occasion.

Guðrún fronce les sourcils.

— Ils ont dit qu'ils nous emmèneraient où on veut, alors je ne suis pas sûre que s'enfuir soit judicieux.

— Et ils nous rattraperont, marmonne Paige. Les Alphas X-Clan sont *rapides*. Crois-moi, je le sais par expérience.

— J'ai aussi cru comprendre qu'ils te mettront en contact avec ton frère, reprend Guðrún. Tu es proche de lui ?

Hel répond, mais je ne saisis pas bien car Enrique traverse le pré au pas de course, montrant ainsi un peu de la rapidité dont Paige vient de parler. La tête penchée de côté, je suis du regard ses longues foulées athlétiques.

— Tu baves, constate Hel à voix haute.

— On ne peut pas trop lui en vouloir, murmure Paige d'un ton appréciateur. Il est sexy. Et, comme elle l'a dit, il paraît gentil.

— *Paraît* étant le mot clé de cette phrase, souligne Hel.

— Ils ont tué l'Alpha Carlos et tous ses généraux, nous informe une nouvelle voix alors qu'une autre Oméga X-Clan se joint à notre cercle. Je ne dirais pas qu'ils sont *gentils*, mais je les considère certainement comme une amélioration par rapport au régime précédent.

Nous la fixons tous les quatre, mais c'est Hel qui fait les présentations.

Cette nouvelle fille s'appelle Wendy. Apparemment, Elias nous l'a envoyée pour qu'elle fasse partie de notre groupe.

—Je lui ai dit que je voulais rentrer chez moi, alors il m'a dit de venir m'asseoir ici.

J'esquisse une moue à ses paroles. *Moi je ne veux pas rentrer chez moi.* Mais je ne sais pas vraiment où aller. *Vont-ils me renvoyer auprès de mes frères ?* m'inquiété-je en frissonnant. Mon Alpha étant mort, je… je ne sais pas si mes frères m'accepteront.

Ils vont probablement me tuer.

*Peut-être que Hel a raison à propos de s'enfuir…*

Mais m'enfuir où ? Je n'ai nulle part où aller. Nulle part où me cacher. Personne sur qui compter pour me soutenir. Je ne sais même pas où je suis. Dans le Secteur Bariloche, évidemment. Cependant, j'ignore dans quelle région il est situé. Je ne sais même pas où se trouvent les secteurs que les autres ont mentionnés.

*Secteur Naturel. Secteur Sauvage. Secteur Cusco.*

La vampire a appelé son foyer un *nid*, un terme que la plupart des Omégas considèrent généralement comme sûr. Mais mon nid n'a jamais été sûr. Et la vampire elle-même a dit qu'elle n'avait nulle part où aller.

Je serre les poings, mon cœur commence à battre un peu trop vite. *Calme-toi,* me dis-je. *Tu vas énerver les Alphas.* Je ferme les yeux et je respire, une technique que j'ai maîtrisée au fil des ans.

*Inspire, expire.*

*Inspire, expire.*

*Insp…* Cet exercice s'interrompt quand une odeur de conifères envahit mes narines. *Tellement, tellement bon… Apaisant. Accrocheur.*

Je me penche vers cette odeur, mais je manque tomber à la renverse. Une main forte me rattrape, dont la peau est chaude sur mon épaule nue.

— Caja ?

La voix d'Enrique me fait lever la tête vers lui, accroupi devant moi. Les autres Omégas restent muettes, les yeux écarquillés.

— Tu vas bien ? insiste-t-il.

Je déglutis et acquiesce.

— Juste, euh, peut-être faim ?

Le terme m'échappe avant que je puisse me raviser. Et l'entendre prononcer me rappelle ce qu'a dit Hel, comme quoi je regarde Enrique comme si je voulais le dévorer.

Mes joues chauffent en réaction, et mes cuisses picotent d'une étrange sensation.

*Oh, lunes, je suis ridicule.*

Je n'ai jamais agi de cette façon en présence d'un Alpha jusqu'à présent. Toutefois, aucun Alpha n'a jamais été comme celui-ci.

Enrique m'étudie, une petite ride se formant sur son front.

— Qu'est-ce que tu veux manger ? me demande-t-il.

Hel ricane, puis tousse pour cacher son rire. Heureusement, l'Alpha l'ignore.

Je jette un coup d'œil aux boîtes de nourriture que je n'ai pas encore touchées et je hausse les épaules.

— Ça, c'est bien.

— Si c'est bien, pourquoi tu n'as encore rien mangé ?

*Parce que j'ai été distraite*, pensé-je, déglutissant de nouveau.

—Je suis un peu déboussolée, dis-je à la place.

Son expression s'adoucit tandis qu'il s'assoit par terre à côté de moi.

— Ça se comprend. Mais tu es en sécurité maintenant. Vous toutes, ajoute-t-il en regardant les autres. Je réalise que ça doit être difficile à croire, et qu'il va vous falloir du temps pour nous faire confiance. Ce n'est pas grave. Nous comprenons.

Il me tend quelque chose de bleu.

— Ne connaissant pas ta taille, je t'ai trouvé une robe, explique-t-il après que je lui ai pris le vêtement des mains. Si tu l'enfilais pendant que j'examine le contenu de ces boîtes ?

Je fais courir mes doigts sur le tissu, soudain hyper consciente de la sensation. Je n'ai jamais rien touché d'aussi doux. C'est si lisse et soyeux. Tout ce que je portais à la maison me grattait ou était trop chaud. Là, c'est... *divin*.

Je laisse tomber la couverture et j'étale la robe pour déterminer le devant du dos.

*Elle a des manches*, m'émerveillé-je. *Et elle est longue.*

Elle est unique. Et différente de ce que portent les autres Omégas. Hel est vêtue d'un pantalon sombre et d'une chemise à manches longues et col en V avec une ceinture en cuir. Guðrún est en jean et débardeur, comme Paige et Wendy.

*Et moi j'ai cette jolie robe*, me dis-je en la soulevant pour la passer par-dessus ma tête. Elle m'évoque une cascade sur ma peau, glissant vers le bas et épousant ma svelte silhouette. Je me mets à genoux et me trémousse un peu pour la faire descendre sur mes hanches, puis je la regarde couler sur mes cuisses.

*Je l'adore*, décidé-je, plaçant la couverture sous moi pour ne pas m'asseoir par terre dans cette magnifique robe.

— Merci, dis-je enfin en levant de nouveau les yeux sur Enrique.

Il me dévore d'un regard qui me fait me demander s'il a aussi faim de nourriture que moi. Parce qu'il a l'air prêt à me manger.

Les autres Omégas ont reculé, nous laissant un peu de place. Je ne sais pas trop pourquoi, mais ça ne me dérange pas. Enrique ne me fait pas peur.

— De rien. (Il se racle la gorge.) Bon, euh, manger.

Il détache son regard de moi et commence à farfouiller parmi les boîtes.

Je ne prête guère attention à ce qu'il me tend, choisissant plutôt d'accepter tout ce qu'il daigne me donner. Mais lorsqu'il pose une bouteille d'eau devant moi, je l'attrape aussitôt et j'en bois la moitié sans même reprendre mon souffle.

C'est dangereux. Je n'ai aucune idée de quand j'en aurai d'autre, mais j'ai l'impression de ne pas avoir bu d'eau depuis *des jours*. Fermant les yeux, je savoure l'hydratation et cède à mon besoin d'en boire davantage. Quand je m'arrête enfin, la bouteille est vide et je gémis presque en signe de protestation.

Sauf que deux autres bouteilles d'eau sont apparues comme par magie devant moi.

Je tends timidement la main vers l'une, m'attendant presque à ce que ce soit une farce. Mais ce n'est pas le cas, alors j'accepte ce petit miracle et je bois à satiété. Cette fois, il m'en reste environ un quart lorsque je suis enfin rassasiée, et je pousse un soupir de soulagement.

La faim et la déshydratation n'ont rien de nouveau pour moi. En fait, j'ai appris à vivre avec. Mais parfois, le fait qu'on me donne de l'eau est presque pire parce que j'arrive à un point où je ne sens plus rien du tout, puis la boisson me rappelle à quel point j'ai soif en vérité.

C'est une conséquence horrible du fait de céder à mes besoins.

Heureusement, Enrique n'a pas emporté l'autre bouteille.

En fait... Je fronce les sourcils en regardant la couverture autour de moi. *Il y a encore trois bouteilles.* Je lève les yeux vers lui.

— Elles sont toutes pour moi ?

Il hausse les épaules.

— Je peux t'en avoir d'autres si besoin. Mais tu dois aussi manger. (Il désigne les boîtes que j'ai laissées tomber au profit de l'eau. Je ne me rappelle même pas l'avoir fait.) Il y a des fruits et...

— Enrique ! appelle Elias dans le champ, son regard intense fixant l'autre Alpha. J'ai besoin de tes compétences linguistiques.

— J'arrive, acquiesce Enrique d'une voix normale, puis il me regarde encore. Mange, Caja. Je ne serai pas content si je découvre à mon retour que tu n'as touché à rien d'autre que l'eau. Alors s'il te plaît, essaie, d'accord ?

Je frissonne, j'aime sa domination subtile. C'est rassurant d'une manière qui plaît à ma louve, me donnant envie de lui obéir.

— Oui, Alpha.

— Enrique, me corrige-t-il. Appelle-moi Enrique.

— Oui… Enrique.

Il sourit.

— *Muy bien, pequeño tesoro*, murmure-t-il. Je reviens dans un instant.

Il passe ses phalanges sur ma joue comme il l'a déjà fait plusieurs fois, puis se relève et part en courant retrouver Elias.

Je profite à nouveau de la vue.

Puis je me penche sur les vivres, comme il l'a demandé.

Et j'espère qu'il reviendra bientôt.

# ENRIQUE

*QUELQUES HEURES PLUS TARD*

TON FRÈRE EST BIEN ARRIVÉ DANS LE SECTEUR Andorra, annonce Ander en s'avançant vers moi. Il est actuellement sous sédatifs dans une chambre capitonnée.

J'acquiesce, mais une pointe de culpabilité me fore les tripes.

*J'aurais dû aller avec lui.*

Pourtant, je ne pouvais rien faire de plus pour lui – ni pour sa compagne – à ce moment-là. Et être ici, à aider les autres à nettoyer mon ancien secteur, m'a paru préférable à rester assis à attendre qu'un médecin m'informe de la sauvagerie de mon frère.

Je ne suis même pas sûr qu'il puisse être réinséré. Être là-bas avec lui m'obligerait à faire face à ce destin potentiel, que je ne suis tout simplement pas prêt à accepter. Donc, pour être tout à fait honnête avec moi-même, je suis resté ici afin de penser à autre chose.

*Comme peut-être à une certaine petite brune aux beaux yeux,* m'avoué-je, visualisant les jolis traits de Caja.

Je suis allé la voir il y a une heure et je l'ai trouvée endormie dans un nid de fortune confectionné avec des couvertures. Les autres Omégas de son groupe étaient dans le nid avec elle, toutes en train de se reposer. L'épuisement mêlé au soulagement a dû les assommer. Elles ne dormiront sûrement pas bien, mais au moins elles se sentent assez en sécurité pour se détendre un peu.

Je passe mes doigts dans mes cheveux et fais rouler ma nuque, dont les muscles craquent. Les journées ont été longues.

En fait, non. Ces dernières *années* ont été longues.

Jouer aux jeux de Carlos pendant presque dix ans a mis mon âme à rude épreuve. Mais c'était le seul moyen d'aider mon frère. Le seul moyen d'essayer de protéger sa compagne et sa sœur. Le seul moyen de battre ce bâtard à ses propres combines.

Carlos était un cerveau, son inclination pour les toxines et les produits chimiques frôlait le génie. Malheureusement, il utilisait ces talents à des fins néfastes.

Pour éviter d'être l'une de ses victimes, j'ai fait semblant d'apprécier ses passe-temps. Il m'a récompensé en me donnant une compagne, laquelle a choisi un autre que moi. Ce n'est pas grave. J'ai participé à la mascarade parce que je savais que Carlos m'enverrait Kari comme cadeau de mariage. Il croyait que je la préférais aux autres jouets omégas. En réalité, je voulais juste la sauver, parce qu'elle était la sœur de la compagne de mon jumeau.

Tout ce que j'ai fait avait un but. Et ce but a finalement été atteint.

*Et maintenant ?* m'interrogé-je, en parcourant du regard, dans le champ obscur, les quelques groupes d'Oméga restants. *Où vais-je maintenant ?*

— Ça va ? me demande Ander, me rappelant sa présence.

Non pas que je puisse oublier qu'il se tient à quelques pas de moi — son aura d'Alpha me colle à la peau —, mais j'étais un peu perdu dans mes pensées. Dans le passé. L'avenir. *L'inconnu.*

Je m'éclaircis la gorge, réfléchissant à quoi lui répondre. Je pourrais mentir et dire que je vais bien. Toutefois j'ai passé la majeure partie des dix dernières années à faire semblant d'être quelqu'un que je n'étais pas. Et j'en ai vraiment marre de porter un masque.

— Pas vraiment, admets-je. (Je plaque une main sur ma nuque et m'étire encore.) Je n'ai aucune idée de comment aider Joseph ou Savi. Je crois que je ne l'ai jamais trop su. Je voulais juste les libérer, mais maintenant je me demande s'ils seront vraiment libres un jour.

*Si je n'aurais pas dû les laisser mourir*, me dis-je en grimaçant. C'est une pensée horrible, que j'évite d'évoquer depuis que j'ai retrouvé mon frère tout à l'heure. Ou était-ce hier ? J'ai perdu la notion du temps. Mais voir mon frère dans cet état de folie furieuse, savoir qu'il ne pourrait pas toucher sa propre compagne sans la tuer…

Je secoue la tête.

— Je savais que ce serait mauvais. J'étais juste…

— Pas préparé à quel point ce le serait, termine Ander à ma place. Pigé.

Je hoche la tête. En tant qu'Alpha du Secteur Andorra, il a dû voir beaucoup d'horreurs qu'il n'aurait jamais voulu voir. Mais en tant qu'Alpha le plus fort de son secteur, il est de sa responsabilité de gérer tout ce qui lui tombe dessus et de montrer l'exemple. Ça ne doit pas être un travail facile. Surtout quand on le fait bien. À l'opposé de Carlos et de la façon dont il a dirigé le Secteur Bariloche.

— On a d'autres choses à discuter, me dit Ander. Je sais que tu as des problèmes, mais ça ne peut pas attendre.

Je hoche de nouveau la tête et croise les bras sur ma poitrine.

— Je comprends.

Car je sais exactement de quoi il veut discuter : de mon avenir.

Il m'a dit tout à l'heure que j'étais le bienvenu dans le Secteur Andorra pour être avec mon frère. Mais pour cela, je dois reconnaître Ander comme mon supérieur. C'est la seule façon pour lui de maintenir l'ordre. Si je ne m'incline pas devant lui, je serai vu comme un adversaire. Et compte tenu de mon âge, de mon expérience et de mon ancien poste dans le Secteur Bariloche, je serais considéré comme un opposant sérieux.

— Riley a dit que certaines Omégas accouplées ont

perdu leurs Alphas, commence-t-il, me décontenançant complètement.

Ce n'est pas du tout ce à quoi je m'attendais, ni en rapport avec le sujet que je pensais qu'il voulait aborder.

— Je vois, dis-je lentement, fronçant les sourcils. Qu'en est-il des Alphas détenus avec mon frère ? Leurs compagnes respectives ont-elles été retrouvées ?

Il y avait aussi quelques Bêtas dans les cellules, mais ils n'auraient pas avec une Oméga un lien aussi fermement ancré qu'un Alpha.

Il inclina la tête en signe de confirmation.

— Nous avons trouvé une correspondance olfactive pour chacune. Mais d'après ce que dit Riley, nous avons sept Omégas accouplées à des Alphas manquants. Y a-t-il un autre endroit où il aurait pu les enfermer ?

Je fronce les sourcils, réfléchissant à la question.

— Carlos aimait garder tout le monde près de son domaine personnel. Il manquait de confiance.

D'où tous les Alphas et Bêtas qu'il enfermait dans des cages, et les tortures vicieuses qu'il infligeait à ceux qui étaient liés à des compagnes.

Ander émet un grondement bas, son agitation est palpable.

— Riley est à peu près certaine que les Alphas sont en vie. Sinon, les Omégas en question ne seraient plus du tout cohérentes.

C'est vrai. Elles seraient catatoniques et sans réaction, ce que Carlos aurait voulu éviter pour ses petits *jouets*.

Je me creuse la tête pour essayer de trouver où il aurait pu emprisonner d'autres Alphas, mais je pensais vraiment ce que j'ai dit : Carlos manquait de confiance. J'étais considéré généralement comme l'un de ses généraux les plus haut placés, pourtant je n'avais accès qu'à son opération Oméga. Et cet accès était assorti d'une myriade de restrictions.

Heureusement, ma position m'a permis d'acquérir une connaissance approfondie de ses procédures et des tenants et aboutissants de son domaine – ce qui a fait de moi un atout précieux dans notre infiltration du Secteur Bariloche cette semaine. Cependant, je ne connais pas tous les cachots de Carlos ni comment il contrôlait les Alphas qui protestaient contre son autorité. Je connaissais son penchant pour les psychédéliques, mais pas toute l'étendue de son système carcéral.

— Je ne connais que le cachot qu'il avait sous son domaine. (Et ceci grâce à mon jumeau. J'avais senti sa présence là-dedans pendant des années, bien que Carlos ait prétendu qu'il était mort.) Il n'était pas du genre à détenir quoi que ce soit de valeur trop loin de chez lui, cependant. Alors je n'imagine pas qu'il y ait d'autres cachots dissimulés dans le Secteur Bariloche.

Et s'il y en avait, ils sont maintenant détruits, grâce à Kazek et Sven qui ont fait sauter tous les bâtiments dans Bariloche plus tôt dans la journée. Ils voulaient s'assurer que le secteur entier serait inhabitable. Tous les Alphas survivants sont officiellement des fripouilles. Quelques secteurs pourraient les accepter sur leur territoire, mais la plupart ne le feront pas.

Les Bêtas sont dans une situation très différente, surtout parce qu'ils n'ont jamais eu le choix, vu comment Carlos dirigeait son secteur. Toute une file de

Bêtas attend actuellement d'être interrogée pour leur entrée potentielle à Andorra, au Nordique ou à Hiver.

Pendant ce temps, les Omégas seront emmenées où elles le souhaitent, à condition qu'elles soient suffisamment saines et cohérentes pour être capables de choisir. Celles qui ne l'ont pas été sont déjà à Andorra pour y être soignées : le dernier vol est parti il y a des heures pour les déposer en lieu sûr. Les seules Omégas qui restent sont celles qui sont en assez bonne santé pour exprimer leurs désirs.

— Penses-tu qu'il aurait échangé quelques Alphas avec d'autres secteurs ? s'enquiert Ander, les traits durcis.

Je secoue la tête.

— Ils ne leur auraient pas été d'une grande utilité. Je veux dire, tu as vu l'état de mon frère... (Je m'interromps et me racle la gorge.) Mais si l'Alpha en question a offensé un ami, peut-être que Carlos l'échangerait en guise de dédommagement. Cependant, sept est un chiffre élevé.

Et Carlos n'était pas du genre à renoncer à ses ressources. À moins qu'il ait été fatigué de s'en occuper. Dans ce cas...

— Il est possible qu'il les laisse pourrir quelque part, réfléchis-je à voix haute. Quelque part où il ne peut pas les sentir ou les entendre. Quelque part d'où ils ne peuvent pas s'échapper. Mais je n'ai aucune idée d'où ce serait. Peut-être l'un de ses nombreux points d'échange. Ou plutôt, dans un endroit que personne ne penserait à visiter.

— Ça n'aide pas, grommelle Ander.

— Je sais. Mais c'est comme ça que Carlos agissait : il ne rendait jamais rien facile.

D'où l'assaut complexe du Secteur Bariloche. Carlos avait posé des pièges partout, transformant ses terres en un véritable champ de mines, que nous avons traversé jusqu'à son domaine.

Ander pousse un soupir de frustration.

— Eh bien, peut-être que Riley pourra en savoir plus auprès des Omégas, alors. (Il grimaça.) En supposant qu'elle parvienne à en réveiller une.

— Certains des autres Alphas le savent peut-être aussi, avancé-je. Connaissant Carlos, il les a torturés avec des sorts potentiels. Peut-être qu'un de ses anciens harceleurs te révélera où sont gardés les Alphas manquants.

— D'accord, acquiesce Ander. (Il croise les bras, sa posture imitant la mienne.) Maintenant parle-moi de cette Oméga qui t'intéresse.

J'arque un sourcil.

— Qui a dit que je m'intéressais à une Oméga ?

— Elias. Et c'est un excellent juge de caractère. Mais nous avons lancé un nouveau programme dans le Secteur Andorra qui nécessite que nos Alphas courtisent les Omégas et ne se contentent pas de les revendiquer. J'espère que ça ne te posera pas de problème.

Il prononce cette dernière phrase comme c'était plus une menace qu'une explication, soulignant que si j'ai un problème avec ça, alors *nous* aurions un problème.

— Winter et Kari peuvent se porter garants de mes opinions sur le consentement et la *cour*, lui dis-je sans ambages.

Je ne peux cependant pas retenir une pointe de sarcasme sur le dernier mot, car qui parle de *courtiser ?* Ander Cain, apparemment.

— Hmm, marmonne-t-il. Tu es en vie, donc tu as dû bien traiter les deux Omégas. Sinon, Kaz et mon frère t'auraient déjà étripé.

Il y a une nuance d'amusement dans son ton, mais j'ai du mal à croire qu'il soit vraiment amusé. Quelque chose me dit qu'Ander trouve rarement de l'humour dans quoi que ce soit.

— Est-ce qu'elle a dit où elle veut aller ? reprend-il, changeant légèrement de sujet. Ton Oméga, je veux dire.

— Elle n'est pas mon Oméga, le corrigé-je. Et non, je ne crois pas qu'elle l'ait fait.

— Ce n'est pas ce qu'a dit Elias.

Je fronce les sourcils.

— Elle lui a dit où elle voulait aller ?

— Je parlais de ta connerie de « pas mon Oméga » que tu viens de sortir, me dit-il, son expression correspondant maintenant à son ton amusé.

Peut-être que j'avais tort. Peut-être qu'Ander Cain peut faire preuve d'humour parfois.

— Il a dit que tu l'avais pratiquement bousculé quand il a voulu lui parler, poursuit-il. Ça l'a étonné que tu ne lui aies pas pissé dessus.

Je lève les yeux au ciel.

— Ton second exagère.

— Sans doute, acquiesce Ander, mais comme j'ai dit, il est un excellent juge de caractère.

— Nous venons de nous rencontrer, grogné-je.

— D'après mon expérience, ça importe peu à nos loups.

Bon, il a raison sur ce point. Mon loup a flairé Caja dans cette cage et son odeur l'a aussitôt intrigué. Puis ces jolis yeux ont croisé les miens, et mon monde a basculé.

— Tu es un bon Alpha, Enrique, reprend Ander. Je respecterai la décision que tu prendras concernant l'Oméga, quelle qu'elle soit. Assure-toi simplement qu'elle est d'accord avec ladite décision. Ça te rendra la vie beaucoup plus facile.

— On dirait une autre déclaration basée sur l'expérience, le raillai-je, sans relever qu'il m'a appelé *un bon Alpha* – je ne sais même pas ce que ça veut dire.

— Tu n'en as pas idée, marmonne-t-il. (Un message apparaît dans l'air au-dessus de son poignet.) Dušan, me dit-il. L'Alpha du Secteur des Ombres. Je dois lui répondre.

Sans attendre mon accord, il s'écarte pour prendre l'appel.

Je le quitte pour lui laisser de l'intimité. La politique des secteurs, ce n'est pas mon truc. Je laisse ça à l'Alpha responsable.

En attendant, je vais aller voir comment va Caja.

*Mon Oméga*, songé-je. J'aime bien comme ça sonne. J'ai côtoyé des Omégas toute ma vie, mais je n'en ai jamais considéré aucune de cette manière, sûrement parce que les règles de Carlos m'empêchaient de vouloir revendiquer une femelle pour moi-même.

C'est peut-être ce qui rend ça plus intrigant. Ou peut-être que c'est juste Caja.

Quoi qu'il en soit, je rejoins l'endroit où elle dort et

je m'accroupis pour remonter sa couverture jusqu'à son menton. Elle se penche à mon contact, ses lèvres s'écartent sur un soupir.

— Repose-toi, *pequeño tesoro*, murmuré-je en résistant à l'envie de lui caresser la joue. Tu es en sécurité maintenant. Je ne laisserai plus personne te faire du mal. Je te le promets.

# CAJA

Un rugissement me tire de mon sommeil, puissant et féroce à mes oreilles. Je me blottis au fond de mon nid, tentant d'échapper à ce qui se passe.

*Les hurlements*, pensé-je en frémissant. *Tellement de hurlements.* J'aimerais les étouffer, faire comme si j'étais ailleurs. Mais il n'y a pas d'ailleurs que je puis imaginer. Tout ce que j'ai connu, c'est l'enfer.

Réveille-toi. Obéis. Survis. Essaie de dormir.

Telle est ma vie. Mon existence solitaire. Jusqu'à ce que mon Alpha m'emmène vers mon destin.

*S'il vous plaît…* J'adresse une prière aux lunes. *S'il vous plaît, ne rendez pas ça aussi mauvais que je le crains.* Mais j'ai perçu la terreur dans les cris des autres. Je sais que c'est encore pire que ce que j'imagine. Si seulement je pouvais rêver d'un endroit sûr, ne serait-ce que pour un instant.

Des murmures se font entendre autour de moi, des grognements qui vont crescendo. Je retiens ma respiration et j'attends, mon esprit cherchant une échappatoire.

*Des yeux noirs. Des cheveux encore plus noirs. Un nez parfait. Une mâchoire carrée parsemée d'une fine barbe noire. Un sourire à fossettes.*

Je fronce les sourcils, l'image est si nette dans mon esprit que je jurerais avoir déjà vu ce mâle. Mais… mais où ? *Pourquoi… ?* J'écarquille les yeux quand le nom de l'homme illumine mes pensées : *Enrique.*

Je promène mon regard autour de moi, surprise d'être dans un champ brillamment ensoleillé. Puis je lève les yeux au ciel, où un jet s'envole vers le soleil de midi. C'est la source du rugissement qui m'a réveillée. J'ai déjà vu des avions, car mon Alpha vivait près d'un vieil aéroport. Toutes les expéditions outremer passaient par là, et nombre d'entre elles transportaient des passagères terrifiées. Leurs cris… Je déglutis. Ces cris me hanteront jusqu'à ma mort.

Mais il n'y a pas de cris ici, juste des murmures, provenant de plusieurs Omégas agglutinées non loin. *Hel. Paige. Wendy. Guðrún.* Les deux autres sont nouvelles. Toutes deux sont des Omégas X-Clan.

— Ça vient de ton Alpha, indique Hel en désignant du menton un pochon près de mon nid de couvertures.

— M-mon Alpha ? répété-je, un frisson me parcourant le dos.

*Mon Alpha est ici ?*

— Enrique, précise Guðrún.

Un seul mot. Un nom. Et pourtant, le profond soulagement qui allège mes épaules me fait presque fondre dans mes couvertures.

Pas Bautista. *Enrique*. Parce que mon Alpha est mort. Et je suis en sécurité. En quelque sorte, du moins. Car je… je n'ai pas de chez moi. Mais mon Alpha n'est plus là. Il est parti. *Pour toujours.*

— Il nous a apporté à toutes un déjeuner, ajoute Paige avec un sourire rêveur. Mais il a mis le tien dans ce pochon pour le garder au chaud et nous a demandé de ne pas te réveiller.

— Oh.

J'attrape le pochon et jette un œil dedans. Mes yeux s'écarquillent en découvrant une banane, un sandwich, deux bouteilles d'eau et ce qui ressemble à un biscuit.

— Apparemment, un des avions a apporté des provisions, explique Paige avant que je lui pose la question. Puis il est reparti avec un autre groupe d'Omégas.

— Oui, il ne reste plus que trois groupes, renchérit Hel. Elias a dit que tout le monde sera parti à la tombée de la nuit, alors on doit lui dire où on veut aller. Il a failli te réveiller pour te demander ton choix, mais ton Alpha l'en a empêché.

Je fronce le nez.

— Mon Alpha, c'est Enrique ? demandé-je, afin de m'assurer que c'est bien de lui qu'elle parle.

— Oui. Le plat qui te fait tellement envie.

Je cligne des yeux. Elle a cette étrange obsession de désigner Enrique comme une denrée. Mais je l'ignore et réponds :

— Je ne sais pas où je veux aller.

— Alors ils t'emmèneront dans le Secteur Andorra

par défaut, m'annonce Paige. C'est ce qu'ils ont dit à Guðrún.

L'Oméga vampire hausse les épaules.

— Ça me donnera le temps de réfléchir.

Je ne sais pas trop ce qu'elle entend par là, et le regard hanté qu'elle me lance ne me donne pas envie de le savoir. Alors je me contente de hocher la tête comme si je comprenais et je pioche dans le pochon d'Enrique.

J'en suis à la moitié de mon sandwich quand le mâle en question s'approche, accompagné d'un autre Alpha.

— Bonjour, Caja, ronronne Enrique.

Bon, il ne ronronne pas au sens propre. Mais dans ma tête, je jure que j'entends son doux ronronnement. En fait, je crois que je l'ai entendu toute la nuit. Peut-être dans mes rêves ?

— Voici Sven, présente-t-il. Il vient du Secteur Nordique.

— Salut, Caja, murmure l'Alpha blond en s'accroupissant. Enrique m'a demandé de te parler de mon pays natal.

— Pourquoi ? m'étonné-je.

— Au cas où tu voudrais venir vivre dans mon secteur, répond-il.

Je lance un regard à Enrique.

— C'est là que tu vis ?

En fait, je ne sais pas trop d'où il vient. Mais peut-être que je peux aller là où il est, en supposant que les autres Alphas soient comme lui.

— Non, je viens du Secteur Bariloche, grimace Enrique.

Mes lèvres forment un O, mais je n'émets aucun son.

Je... je ne sais pas trop quoi répondre. Je pensais qu'il venait peut-être d'un pays de gentils Alphas. Mais non, apparemment. Et je ne crois pas que rester ici avec lui soit une option.

*À moins qu'ils me ramènent à mes frères*, me dis-je en grimaçant.

— Mais tu prévois de retourner dans le Secteur Andorra pour un temps, hein ? lui dit Sven.

Enrique passe ses doigts dans ses cheveux épais, ce que je l'ai vu faire plusieurs fois. Les mèches lui chatouillent les oreilles, suggérant qu'ils sont peut-être un peu plus longs que ce à quoi il est habitué. Mais j'aime bien cette longueur. Ça lui donne un côté un peu sauvage.

— Oui, c'est le plan. Pour le moment.

— C'est un bon plan, acquiesce Sven.

Enrique lui lance un regard.

—Je suis sûr que ton frère est du même avis.

Son sarcasme transparaît dans son ton, mais cela fait glousser l'autre homme.

— Il a l'habitude de gérer des Alphas intimidants et de repousser les challengers.

—Je ne vais pas défier ton frère.

— Oh, je sais. Mais je ne crois pas non plus que tu te soumettras à lui.

Enrique hausse les épaules.

— Je pourrais. (Il reporte son regard sur moi.) Sven va t'en dire plus sur le Secteur Nordique, au cas où c'est là que tu aurais envie d'aller.

— Et si je veux partir avec toi ? lancé-je sans réfléchir. Je... je veux dire...

*Merde. Pourquoi j'ai dit ça ?*

Cependant, mon audace n'a pas l'air de le déranger, car il sourit en réponse.

— Bien sûr que tu peux m'accompagner, *pequeño tesoro*. En fait, j'aimerais beaucoup. Mais Sven avait une autre solution à proposer.

— Je n'ai fait que suivre les nouvelles règles de cour d'Ander, dit Sven. Je lui ferai part de son choix.

Il s'en va avant que je puisse lui dire que je n'ai pas vraiment fait de choix. Pas un que j'ai exprimé, en tout cas. Mais je… j'aime bien l'idée de suivre Enrique.

D'ailleurs, plusieurs autres Omégas vont là-bas aussi. Et elles ont été plutôt gentilles avec moi jusqu'à présent. La plupart, en tout cas.

Hel aime me taquiner, mais pas de la même façon que les Omégas m'ont taquinée chez moi. Elle sourit et partage des informations. Les Omégas du nid de mon Alpha n'ont jamais souri, et n'ont certainement jamais rien *partagé* non plus. Pas de nourriture. Pas d'eau. Pas de mots gentils. Juste… des piques et des cruautés.

Enrique effleure ma joue de ses doigts, un geste qu'il a déjà fait plusieurs fois. J'aime bien ça. Ça me fait presque une marque, son parfum s'incrustant dans ma peau. Je me penche à son contact et je respire sa senteur boisée qui m'environne.

— Les avions décolleront au coucher du soleil, me dit-il, ainsi qu'aux autres. Il y a des douches à bord que vous pourrez utiliser une fois dans les airs. De nouveaux vêtements de tailles variables seront également disponibles.

— Tu seras dans le jet ? m'enquiers-je, adoptant

mon côté audacieux en espérant qu'il l'apprécie toujours.

Son sourire me dit que oui, mais il ne dure pas car il répond :

— Je ne sais pas encore. Mais dès que j'aurai mon affectation, je te la ferai savoir.

Il y a là quelque chose qui ressemble à une promesse. Un vœu intime. Ma louve s'agite avec excitation en moi, comme si elle était heureuse que cet Alpha nous préfère.

*Est-ce le cas ?* songé-je, fixant ses yeux sombres. *Se sent-il aussi attiré par moi que je le suis par lui ?*

Je n'ai pas l'occasion de lui demander car on l'appelle dans le pré, et il s'éloigne de notre groupe. Il m'adresse un clin d'œil avant de partir – une expression que je vais garder en mémoire.

— Tu devrais faire attention, avertit l'une des Omégas X-Clan dont j'ignore le nom. J'ai parlé à un Bêta tout à l'heure, et il m'a prévenue qu'Enrique était l'un des généraux préférés de Carlos. Ce n'est pas un bon Alpha.

Je plisse le front, sa description est en contradiction avec mon instinct.

— C'est vrai, dit l'autre Oméga sans nom. J'ai entendu leur conversation. Il disait qu'il ne comprenait pas pourquoi les Alphas avaient laissé Enrique en vie après tout ce qu'il avait fait.

— Oui, exactement, opine la première.

— Peut-être qu'il a aidé les autres Alphas à faire cesser ce qui se passait ici, propose Guðrún d'une voix douce. Ils ont tous l'air d'être amis.

*En effet,* pensé-je, d'accord avec elle. *Si Enrique était méchant, les autres ne seraient pas aussi amicaux avec lui.* Mais savoir qu'il est d'ici me met un peu mal à l'aise. *Est-ce qu'il a connu mon Alpha ?* me questionné-je. *Bien sûr que oui,* réalisé-je l'instant d'après. *Enrique connaissait le nom de mon Alpha et il m'a dit qu'il était mort.* Quoiqu'il n'a pas eu l'air bouleversé par cette perte. Alors peut-être qu'ils n'étaient pas amis, juste des connaissances.

— Eh bien, je ne lui fais pas confiance, dit la première Oméga X-Clan en secouant ses longs cheveux bruns.

— Moi non plus, acquiesce l'autre.

Guðrún hausse les épaules.

— Ses intentions me paraissent bonnes. (Elle fronce le nez à ces mots, comme si elle en était surprise. Mais elle me lance un regard et ajoute :) Il a l'air de beaucoup t'aimer.

— Parce qu'elle est sur le point d'avoir ses chaleurs, ricane Hel.

— Hein ? fais-je en battant des cils.

— Tu ne le sens pas ? s'étonne-t-elle.

— Elle a dit qu'elle n'a jamais eu de chaleurs, intervient Paige. Elle ne peut donc pas savoir ce qu'on ressent. De plus, nos cycles œstraux sont personnels, donc nous avons toutes nos chaleurs à notre propre rythme.

— Oui, c'est ça, acquiesce Wendy. Je suppose que c'est pourquoi les Alphas essaient de nous emmener toutes dans un secteur au plus tôt. Il y a de fortes chances qu'au moins l'une d'entre nous soit bientôt en chaleur, et ils veulent nous protéger.

— Ou t'accoupler, murmure l'une des Omégas sans nom. C'est pour ça que je veux rentrer chez moi.

— Moi aussi, dit l'autre en écho.

Paige plisse les yeux.

— Eh bien, moi, je n'ai aucune envie de retourner dans le Secteur Cusco.

Les deux autres femelles pouffent et se blottissent l'une contre l'autre. J'ignore si elles se connaissaient avant de venir ici ou si elles se sont rencontrées au sein de leur groupe. Quoi qu'il en soit, elles paraissent très similaires.

Les ignorant, je repense à ce qu'a dit Hel concernant mes chaleurs. Je ne me sens pas différente… Bon, ce n'est pas vrai. Je me sens satisfaite. Rassasiée. *Hydratée.* C'est certainement différent de mon état habituel.

— Quel genre de changements…

Je m'interromps quand un mouvement à ma droite attire mon regard.

Elias et un autre Alpha se dirigent vers nous ; Enrique n'est en vue nulle part. La chair de poule me picote les bras, car l'Alpha avec Elias dégage un air dominant qui empêche de croiser son regard. Il est puissant. Responsable. Et il exige l'attention.

— Très bien, dit-il d'une voix bourrue. On a pu s'arranger pour que la plupart d'entre vous se rendent là où vous l'avez demandé. (Il sort une planchette à pince et commence à lire.) Hel, l'Alpha Ragnar t'attend dans le Secteur Sauvage.

Hel se redresse à ces mots, les yeux brillants.

— Tu as parlé à mon frère ?

L'Alpha relève la tête.

— Non. L'Alpha Dušan a pu tirer quelques ficelles. Le Secteur Sauvage n'est pas très accessible, mais on a fait en sorte que ça marche pour toi.

Elle hoche la tête.

Il continue en s'adressant aux deux Omégas sans nom – *Farah* et *Latya*, apprends-je – et leur dit qu'il n'a pas réussi à contacter leur Alpha.

— Vous allez vous rendre dans le Secteur Nordique pour le moment. L'Alpha Alana va essayer de contacter votre secteur natal.

Les deux femmes échangent un regard, l'incertitude se lisant sur leur visage.

Mais l'Alpha ne leur laisse pas la possibilité d'en débattre ou d'exprimer d'autres demandes. Il leur dit simplement qu'elles doivent aller rejoindre un groupe à l'autre bout du champ.

— Vous êtes sur le prochain vol, les informe-t-il. (Puis il passe à Guðrún, Paige et moi.) Je n'ai pas de place dans mon jet pour vous emmener directement au Secteur Andorra, alors Enrique vous y conduira après avoir déposé toutes les autres.

Wendy est la dernière à qui il s'adresse, confirmant qu'elle sera ramenée au secteur de Tallinn.

— Quatre autres Omégas se joindront à vous pour le voyage, ce qui porte le nombre total à neuf. Tout est organisé à l'avance, mais vous allez voyager pendant quelques jours. Si vous avez besoin de quoi que ce soit, Enrique est votre Alpha. Il fera tout ce qu'il peut pour vous mettre à l'aise. Compris ?

Nous hochons toutes la tête. Farah et Latya ont déjà couru vers l'autre groupe.

— Bien. (Il reporte son regard sur Paige, Guðrún et moi.) Au cas où vous l'ignoriez, je suis Ander Cain, l'Alpha du Secteur Andorra.

— Tu aurais dû sans doute commencer par ça, relève Elias.

Ander l'ignore et ajoute :

— Nous sommes très heureux que vous ayez choisi de vous joindre à nous. Des logements sont en train d'être préparés pour vous, et nous avons hâte de vous accueillir dans vos nouveaux foyers, même s'ils sont temporaires.

Il incline légèrement la tête et tourne les talons sans rien ajouter.

— Pas mal, Cain, dit Elias dans son sillage. Kat approuverait.

— Arrête de me provoquer, E, rétorque Ander.

Elias pose une main sur sa poitrine.

— Est-ce que je ferais une chose pareille ?

— Chaque foutu jour de ma vie, grogne l'Alpha du Secteur Andorra.

Elias glousse, et leur conversation s'estompe tandis qu'ils arpentent rapidement le terrain de leurs longues enjambées.

— Eh bien, il est terrifiant, murmure Paige.

— Ouais, acquiesce Hel. Il me rappelle un peu mon frère.

Je ne dis rien, cherchant Enrique du regard tandis que je me remémore ce qu'a dit Ander : « Si vous avez besoin de quoi que ce soit, Enrique est votre Alpha. »

Enrique sera notre escorte vers le Secteur Andorra. Il est notre Alpha. *Mon* alpha.

Les avertissements de Farah et Latya me reviennent à l'esprit et me font frissonner.

*Puis-je lui faire confiance ?* me demandé-je. *Je veux lui faire confiance.*

Car l'idée qu'il soit mon Alpha est assez séduisante. Même un peu *trop* séduisante.

*Peut-être que je suis sur le point d'avoir mes chaleurs.*

J'espère juste que ça ne se passera pas dans l'avion…

# ENRIQUE

— Ça va ? me demande Elias tandis que je procède à un ultime checking dans le cockpit.

— Ouais, c'est comme faire du vélo, acquiescé-je.

C'est même plus facile, franchement. La technologie du Secteur Andorra est très en avance sur le reste du monde. Enfin, sur *la plupart* des pays du monde. Les loups du V-Clan ont leurs propres trucs sophistiqués, renforcés par leur magie vaudou. Mais pour ce qui est de la technologie du X-Clan, le Secteur Andorra est de premier ordre.

— Parfait. (Elias me tape sur l'épaule.) Ne noue pas l'Oméga dans le jet. Tu n'as pas de copilote, et même si le pilotage automatique est bon, il ne l'est pas *tant que ça*.

J'arque un sourcil.

— Je sais maîtriser mon loup, Elias.

— Ouais, sourit-il. Mais il meurt d'envie de planter ses dents dans cette Oméga. Je le vois dans tes yeux à chaque fois que tu la regardes.

— Nous venons de nous rencontrer.

— Comme je l'ai dit hier, ça compte pour du beurre.

— Je crois que tu m'as dit que ça ne signifiait pas grand-chose pour nos loups, le corrigé-je.

— C'est pareil. (Il tourne les talons, mais avant de partir, il ajoute :) Merci de nous aider.

— C'est le moins que je puisse faire après tout ce que vous avez fait pour moi, réponds-je avec sincérité.

Quand Ander a dit qu'il avait besoin de quelqu'un pour emmener un groupe d'Omégas dans les secteurs de leur choix, je me suis porté volontaire. Cela semblait être une tâche appropriée pour moi. Et cela retarde aussi les inévitables retrouvailles avec mon frère.

— On n'a pas fait ça pour toi, murmure-t-il.

— Je sais. (Ils l'ont fait pour Kari.) Mais j'en ai profité.

Parce que Carlos est enfin mort. Mon frère est libre… dans une certaine mesure. Kari et Savi sont en sécurité. Et je suis… dans un état indéfini.

— Ça reste à voir, je crois, dit Elias d'un air entendu. (Il ne peut pas lire dans mes pensées, mais il comprend sans nul doute ma situation difficile actuelle.) On se revoit dans un jour ou deux. Nous en reparlerons.

Il me tape de nouveau sur l'épaule et sort. Je finalise quelques éléments pendant que les Omégas montent à bord. La voix d'Elias parvient à mes oreilles, leur indiquant à chacune où s'asseoir.

— Vous pourrez vous déplacer une fois en l'air, leur dit-il après leur avoir donné un aperçu des procédures de décollage.

Les Omégas ne parlent guère, mais leur nervosité en dit long. Pour certaines d'entre elles, c'est probablement la première fois qu'elles prennent l'avion. Et celles qui l'ont déjà fait – pour rejoindre le Secteur Bariloche – n'ont guère dû apprécier leur précédente expérience de vol.

— Très bien, capitaine. Vous êtes prêt et autorisé à décoller.

Je lance un coup d'œil à Elias derrière moi, un sourcil froncé.

— Ton talent d'imitateur a besoin d'être travaillé.

Parce qu'il vient d'essayer – et d'échouer lamentablement – d'imiter la voix grésillante d'un contrôleur radio, comme dans un vieux film de l'ère pré-Infectés.

Il s'esclaffe.

— Toi et moi, on va bien s'amuser quand tu seras dans le Secteur Andorra.

— Pourquoi ça sonne comme une menace ?

L'espièglerie brille dans son regard couleur de nuit.

— Parce que je suis le meilleur tireur de tout le Secteur Andorra, et que je viens de te choisir comme nouveau partenaire d'entraînement, amigo.

— Tu aurais dû m'évaluer avant de me défier, *amigo*.

— Je t'ai évalué hier quand on a abattu Carlos. Tu n'as pas raté une seule cible. (Il penche la tête.) Comme j'ai dit, on va bien amuser tous les deux. (Il sort du cockpit.) Bon vol.

— À toi aussi, lui retourné-je.

Il acquiesce et ferme la porte. Elle se verrouille automatiquement, ce qui n'est pas vraiment nécessaire, mais l'avion est équipé de dispositifs de sécurité, juste au cas où.

Moins d'une minute plus tard, un voyant vert s'allume au verrouillage de la porte extérieure, m'indiquant qu'Elias a bien débarqué du jet. Je coiffe mon casque et procède à une dernière vérification, puis je scrute les caméras et trouve un Bêta qui agite un drapeau. Il n'y a pas de piste, car ces jets high-tech décollent comme une fusée. C'est très, très différent des avions de ma jeunesse, quand les humains régnaient encore sur le monde.

— La voie est libre, annonce Sven, qui fait office d'équipe au sol. Profite bien du ciel.

— Toujours, réponds-je.

Mon animal préfère la terre, et moi les cieux. Je devais être destiné à naître en tant que dragon métamorphe ou autre chose doté d'ailes. Hélas, je suis un loup.

Ma bête grogne en moi, comme si elle comprenait mes pensées. Ou peut-être est-ce la connaissance de ce que je m'apprête à faire qui l'agite.

Grâce à un interrupteur sur mon casque, j'active la sonorisation de la cabine.

— Nous sommes sur le point de décoller, avertis-je. Nous allons monter à la verticale, alors assurez-vous d'être bien assises et d'avoir attaché vos ceintures.

Elias a déjà prononcé ce laïus et les a toutes attachées avant de descendre de l'avion, mais je vérifie la vidéo juste pour en être bien certain, et je vois neuf Omégas nerveuses sanglées dans la cabine.

— Une fois que nous serons dans les airs, vous serez libres de vous déplacer. La pièce du fond comporte une penderie, et la salle de bains a été garnie également pour répondre à vos besoins. Je vous suggère d'y aller chacune votre tour, car il n'y a pas beaucoup de place.

Je l'ai examinée avant de gagner le cockpit. La douche est assez grande pour deux ou trois Omégas, mais je doute que ce soit confortable.

Je scrute la vidéosurveillance en quête de signaux de détresse. À part quelques regards inquiets, elles ont toutes l'air d'aller bien.

— Parfait, décollage dans dix secondes…

Je bascule un autre interrupteur pour lancer les protocoles de décollage du système. Une voix féminine synthétique poursuit le compte à rebours au-dessus de ma tête.

« Neuf. Huit. Sept. »

Je détourne mon regard des Omégas à l'écran et me concentre sur les commandes devant moi. La plupart de ces opérations sont automatisées, mais je dois tout de même surveiller le processus.

« Six. Cinq. »

Je vérifie ma ceinture.

« Quatre. »

Je fixe mon regard sur le pare-brise tandis qu'un sourd grondement s'élève sous moi, faisant pomper l'adrénaline dans mes veines.

« Trois. Deux. Un. »

Le grondement se transforme en rugissement quand le jet s'élève dans le ciel, les g compriment chaque centimètre de mon corps alors que nous montons à une vitesse incroyable. C'est une réaction due à la forte accélération, mais à mesure que la gravité artificielle s'égalise dans la cabine, la sensation d'écrasement s'atténue lentement.

Elle augmente de nouveau lorsque le jet se met à décrire un arc, nous poussant dans la trajectoire de vol souhaitée. Je l'ai programmée avant le décollage, mais je vérifie la direction pour être sûr que nous suivons la bonne route, ce qui est le cas. Nous volerons vers le nord en longeant la côte jusqu'à atteindre le point le plus septentrional de ce continent, puis nous bifurquerons vers l'est.

Tout s'arrange quand le jet atteint sa vitesse de croisière, la pesanteur quitte mon corps qui revient progressivement à la normale, ou presque. Dans l'écran, je vois plusieurs Omégas qui secouent bras et jambes, n'ayant manifestement pas apprécié l'expérience. Mais personne n'a l'air d'être tombé malade, c'est donc bon signe.

Je laisse passer encore quelques minutes avant d'activer de nouveau la sonorisation.

— Nous avons atteint notre altitude de croisière. J'ignore si Ander ou Elias vous ont communiqué notre itinéraire complet, mais nous gagnerons d'abord le Secteur Nova, où nous passerons la nuit et nous réapprovisionnerons.

Je ne suis jamais allé dans le Secteur Nova. C'est l'une des dernières régions du monde à héberger des loups arctiques, car leur espèce est malheureusement sensible au virus zombie qui a anéanti la majeure partie de la population humaine.

Quand Ander les a appelés pour dire qu'il avait deux Omégas Arctiques avec lui, l'Alpha du Secteur Nova a été mi-furieux mi-soulagé. Apparemment, les deux femelles aux cheveux blancs sont les seules Omégas non accouplées de son secteur. Et elles sont aussi ses filles.

Ander a donc suggéré que le Secteur Nova soit notre première étape.

Du point de vue trajectoire de vol, c'était le plus logique. Après le Secteur Nova, nous rejoindrons le Secteur Sauvage, dans ce qui était autrefois la Roumanie. Puis le secteur de Tallinn, et deux autres endroits en Asie, avant de nous rendre enfin dans le Secteur Andorra.

Je reporte mon attention sur la vidéosurveillance, et je repère aussitôt Caja.

*Elle vient avec moi.*

Paige aussi, mais c'est Caja qui retient mon attention.

Elle est assise tranquillement, écoutant Hel qui interroge les deux louves arctiques sur le Secteur Nova. La louve Ulv a l'air nerveuse, ce qui est intrigant car elle paraît être l'une des Omégas les plus sûres d'elles. Mais à présent, elle semble quasi malade. *Sans doute à cause du décollage*, me dis-je, remarquant à l'écran quelques autres Omégas plutôt pâles. Caja, elle, a l'air d'aller bien. Elle est juste inquiète. Toutefois, alors que les louves arctiques continuent de décrire leur foyer, elle et quelques autres commencent à se détendre.

Faisant de même, je m'adosse à mon fauteuil et vérifie de nouveau les commandes.

Nous allons voler pendant plusieurs heures. Bien que ces jets soient rapides, ils ne peuvent pas vraiment se téléporter. Hélas, nous en avons pour un bon moment.

Plus qu'assez pour que toutes les Omégas se douchent, se changent, se reposent et se nourrissent.

Je fais rouler mon cou, mes muscles sont tendus par ce qui a dû être des années de stress. Et ce n'est pas près de disparaître.

En soupirant, je regarde à travers le pare-brise. La nuit est claire, la lune presque pleine illumine le ciel obscur. Un temps parfait pour voler. En vérifiant le radar, je ne repère aucun orage sur notre chemin, ni même à l'horizon. Le vol devrait donc être assez simple.

Je détache mon harnais et me lève pour étirer mes bras. Je n'ai pas dormi depuis des jours, non pas que j'en aie vraiment besoin, mais je ne peux pas m'empêcher de bâiller. Parce que putain, je suis fatigué. *Tellement fatigué. Et il n'y a pas de fin en vue,* pensé-je sombrement, les épaules affaissées.

Lorsque j'ai accepté de piloter ce vol, je n'avais pas pris en compte les temps morts éventuels.

— Merde, marmonné-je en m'appuyant contre une cloison.

La dernière chose dont j'ai envie, c'est de rester seul avec mes pensées. Mes regrets. Mes soucis. *Tout ce qui me préoccupe.*

Je ferme les yeux, prends une grande inspiration, puis me remets à fixer l'écran, espérant y voir mon petit trésor. Ma petite folie. Mais elle n'est plus dans le siège où elle était assise pendant le décollage.

Je parcours les images à sa recherche, et mets en pause quand je la trouve.

Elle se tient devant la porte close du cockpit. Je me

retourne, surpris par sa présence. Elle n'a fait aucun bruit.

Fronçant les sourcils, je reviens à l'écran ; elle se mordille la lèvre inférieure, le regard incertain. Elle fait un pas en arrière puis s'arrête, prend un air déterminé. Mais elle perd sa détermination en levant sa main.

J'esquisse un sourire en la voyant serrer le poing, manifestement en proie à une lutte intérieure. Même si je ne peux pas lire dans ses pensées, je déchiffre son expression aussi clairement qu'un livre. Elle se demande si elle doit frapper ou non, et elle est frustrée de ne pas l'avoir fait.

Je pourrais l'aider en lui ouvrant la porte, mais j'ai envie de voir comment ça va se passer. Donc je m'adosse à la cloison, les yeux fixés sur l'écran pendant qu'elle continue à débattre avec elle-même. C'est mignon. Une seconde, elle hoche la tête. La seconde d'après, elle grimace.

Je jurerais l'entendre grogner à travers la porte quand elle tourne les talons et se précipite dans la cabine. Je suis sur le point de la poursuivre lorsqu'elle fait volte-face et accourt pratiquement vers le cockpit.

Elle frappe brusquement, un coup rapide, puis elle recule d'un bond, l'air horrifié, comme si elle n'arrivait pas à croire qu'elle venait de faire ça.

Je glousse, plus amusé que je ne l'ai été depuis longtemps, je crois. Mais quand je déverrouille et ouvre la porte, je ne la laisse pas voir ma réaction. Je pointe simplement la tête à l'extérieur et demande poliment :

— Tout va bien, *tesoro* ?

Elle cligne ses grands yeux noirs levés sur moi.

— Je, euh, me demandais si tu désirais manger quelque chose ?

J'écarte un peu plus le battant pour pouvoir m'appuyer contre le chambranle.

— Ça dépend, réponds-je en la détaillant de haut en bas. Qu'est-ce qu'il y a au menu ?

J'ai été plutôt doux avec elle jusqu'à présent, je l'ai davantage réconfortée que j'ai flirté avec elle. Or ce petit spectacle auquel je viens d'assister m'a mis d'humeur badine. Et maintenant, je veux voir comment elle réagira à un flirt évident.

Hélas, elle se contente de me regarder en clignant des yeux et se met à réciter une liste de plats.

*Si innocente*, m'émerveillé-je en la dévisageant de nouveau. *Et sacrément belle.*

Elle déglutit.

— Est-ce que tout ça te semble, euh, bon ?

— Aucun de ces plats ne convient à mon humeur actuelle.

Car ce n'est pas de nourriture dont j'ai envie. Mais je ne prononce pas cette dernière phrase.

— Oh. (Elle fronce le nez.) D'accord. Eh bien, si tu changes d'avis, fais-le-moi savoir et je t'apporterai quelque chose.

— Merci, lui dis-je en souriant. C'est gentil de ta part de prendre de mes nouvelles.

— De rien. Je serai juste…

Elle désigne la cabine principale et recule d'un pas.

— Quoique je ne serais pas contre un peu de compagnie, ajouté-je avant qu'elle m'échappe. On se sent plutôt seul ici.

Un piètre prétexte, mais néanmoins vrai.

Elle lève sur moi des yeux brillants.

— Oh. J'ai le droit d'entrer là-dedans ?

Je hausse les épaules.

— Je suis le pilote, donc c'est moi qui édicte les règles, je suppose, et je dis que oui.

— Tu es aussi un Alpha, fait-elle remarquer. Donc c'est toujours toi qui édictes les règles, je pense.

J'y réfléchis et j'acquiesce.

— C'est vrai, la domination est un trait de caractère naturel. Mais je n'ai jamais vraiment occupé une position où mes règles comptaient.

Parce que j'ai toujours exécuté les souhaits de Carlos – ou, plus récemment, ceux d'Ander – mais jamais les miens.

Caja fronce les sourcils.

— Je croyais que tu étais un général de l'Alpha Carlos. Ça ne t'aurait pas mis en position d'établir et de faire respecter des règles ?

Mon cœur se serre à ses mots.

— Tu sais que j'étais l'un de ses généraux ?

Quelqu'un lui a dit ça ? Ou a-t-elle reconnu mon nom ? Non, ça ne peut pas être ça. Elle m'aurait craint si c'était le cas.

Mais alors, pourquoi ne me craint-elle pas maintenant ?

— Eh b-bien, non, balbutie-t-elle en pâlissant.

*Peu importe. La voilà, la crainte. Merde.*

— C'est une autre Oméga qui me l'a dit, ajoute-t-elle. Je ne savais pas trop si c'était vrai ou non.

Je porte une main à ma nuque et souffle un coup.

— Oui, j'étais l'un de ses généraux. L'un de ses préférés, en fait.

Je n'avais pas vraiment besoin d'ajouter cette dernière phrase, mais je veux qu'elle me connaisse. Qu'elle me *comprenne*.

— Je… je n'aurais pas dû demander, dit-elle en reculant d'un pas. Je sais que ce n'est pas mon rôle. Je… (Elle fronce les sourcils.) Je ne sais pas pourquoi je me comporte de cette façon avec toi. Je suis désolée, Alpha.

— C'est Enrique, lui rappelé-je gentiment. Et de quelle façon tu parles ? Comment te comportes-tu avec moi ?

Elle jette un coup d'œil par-dessus son épaule avant de se pencher vers moi et de murmurer :

— Je n'arrête pas de te poser des questions. Je sais que je ne suis pas censée le faire. Je… je n'ai jamais fait ça avant.

— Tu n'as jamais posé de questions ?

Elle secoue la tête, les yeux écarquillés.

— Jamais. Mon Alpha m'aurait tuée si je m'étais comportée ainsi.

— Ton Alpha, répété-je. C'est-à-dire ton père, Bautista ?

Caja tremble visiblement, puis baisse le menton.

— Oui. Je n'avais pas le droit de lui parler.

Je la fixe du regard.

— Tu ne pouvais pas lui parler ?

Elle secoue de nouveau la tête.

— Je n'étais pas digne de sa présence.

— Il t'a dit ça ?

Mon sang s'échauffe à cette nouvelle. *Ton père t'a*

*traitée d'indigne, et tout ce que j'ai fait, c'est lui tirer une balle dans la tête ?* Putain. Si je l'avais su, je lui aurais d'abord brisé les genoux. Laissé souffrir pendant quelques heures. *Puis* je lui aurais mis une balle entre les deux yeux.

— Oui, comme tous les autres, répond-elle en sourcillant.

*Les autres ? Plusieurs personnes l'ont traitée de moins que rien ?*

— Quels autres ? demandé-je, prêt à noter mentalement les noms.

Parce que qui qu'ils soient, je vais les anéantir, putain.

— Ma meute, me dit-elle. Les autres Alphas – mes frères, je suppose. Et les Omégas. Ils m'ont tous expliqué mon inutilité, alors je comprends. Ma seule valeur dans la vie, c'est le prix que l'Alpha Carlos a accepté de payer pour moi, et j'ai cru comprendre qu'il n'était pas très élevé.

J'ai soudain envie de frapper quelque chose. Ou quelqu'un. Des gens. Ça me coûte un vrai effort physique de ne pas lui montrer ma réaction à ses paroles. Mais je ne veux pas l'effrayer avec ma colère.

— Carlos était un monstre, Caja, expliqué-je d'une voix un peu plus râpeuse que d'habitude. Il ne pouvait pas définir ta valeur, même s'il a essayé. Parce qu'il n'a jamais apprécié la beauté et la rareté des Omégas. Il n'a cherché qu'à en tirer profit en exploitant celles que nous, les Alphas, sommes censés chérir et soigner.

Elle me regarde cillant.

— Mais… mais tu travaillais pour lui.

— En effet. Et j'ai aidé à le tuer.

— Pourquoi ?

— Parce que je le haïssais.

C'est une réponse simple, que je n'ai aucun mal à formuler.

— Pourquoi ? répète-t-elle, le regard inquisiteur.

— C'est une très longue histoire, avoué-je.

Elle grimace et baisse les yeux sur ma poitrine.

— Je suis désolée, Alpha. Je n'aurais pas dû demander. Ce n'est pas mon rôle de vouloir des explications.

Je prends son menton entre mes doigts et lève ses yeux vers les miens.

— S'il te plaît, appelle-moi Enrique, Caja. Et inutile d'être formelle avec moi.

Elle déglutit.

— Je suis désolée.

— Plus d'excuses non plus. (Je caresse sa mâchoire du pouce.) Tu es tout à fait libre de me parler, *pequeño tesoro*. En fait, je t'encourage à le faire.

Elle sourcille toujours, l'incertitude se lit sur ses traits.

— Je ne disais pas que c'est une longue histoire pour te dissuader, Caja. J'allais te redemander si tu aimerais venir dans le cockpit, car je préférerais de loin m'asseoir pour te raconter mon histoire avec Carlos.

— Ça ne te dérange vraiment pas ?

— Vraiment pas, lui confirmé-je doucement. En fait, c'est tout le contraire : j'apprécierais beaucoup que tu te joignes à moi. (Je la lâche pour indiquer les fauteuils derrière moi.) Il y a même deux sièges. Et la vue d'ici est assez impressionnante.

Elle promène son regard sur les grandes baies vitrées. Ses yeux s'arrondissent à cette vision.

— Wow !

— Je sais, murmuré-je. Alors, qu'en dis-tu, Caja ? Tu veux me tenir compagnie pendant que je pilote l'avion ?

Sa lèvre inférieure disparaît entre ses dents pendant qu'elle m'étudie une fois de plus. Puis, très progressivement, elle acquiesce.

— Oui, s'il te plaît.

Je souris et fais un pas de côté.

— Alors entre et mets-toi à l'aise.

# CAJA

J'écoute Enrique me parler de son frère jumeau, Joseph. De la compagne de son frère, Savi. De Kari, la sœur de Savi. Et de tout ce que Carlos leur a fait.

Comment il a torturé Joseph et Savi parce qu'ils s'étaient accouplés.

Comment il a tourmenté tout Alpha qui avait revendiqué une Oméga.

Mais Carlos a été particulièrement cruel avec Joseph parce que Savi était sa fille.

Il n'a pas vu d'un bon œil que Joseph la revendique, raconte Enrique. Mais c'était irréversible. C'est donc Kari, son autre fille, qui a fait les frais de sa colère et de sa frustration.

Enrique décrit ce que cela implique sans trop entrer dans les détails. Mais c'est suffisant. Toute cette situation est complexe et déchirante. Il continue en me racontant qu'il a dû accepter d'épouser une Bêta pour contribuer à raffermir une alliance avec un autre secteur.

Carlos me l'a proposée comme si c'était un

cadeau pour avoir été si loyal envers lui, mais j'avais plus de discernement. C'était un ordre.

Il explique ensuite que le mariage n'a jamais eu lieu. Cette Bêta s'est avérée être une Oméga et s'est accouplée avec un autre Alpha.

— Elle s'est faufilée dans son avion pendant notre dîner de fiançailles. Cet Alpha était Kazek. Je ne crois pas que tu l'aies rencontré, mais il a participé au raid de cette semaine.

Je hoche la tête, captivée par toute cette histoire.

Cela devient encore plus intéressant quand il me dit que Kari était aussi dans cet avion parce que l'ami de Kazek l'a enlevée pendant la fête. Ou plutôt, l'a *sauvée*.

— J'ai fini par aller les rejoindre au Secteur Nordique sous prétexte de chercher mon ex-fiancée, mais en réalité, je voulais juste retrouver Kari. (Il esquisse un sourire.) Il s'avère qu'elle n'avait pas besoin d'être secourue. L'Alpha qui l'a enlevée à la fête – Sven – l'a fait à ma place.

— Comment ?

— C'est leur histoire, mais ils sont accouplés maintenant. Et elle semble heureuse. (Il se racle la gorge.) Mais pour résumer une très longue histoire, Sven voulait abattre Carlos pour venger Kari. J'ai proposé mon aide. Nous avons réussi, et nous voilà.

*Wow*. Je suis stupéfiée non seulement par son récit, mais aussi parce qu'il vient de me donner tous ces détails.

— As-tu été contrarié que ta fiancée se soit accouplée avec un autre Alpha ? l'interrogé-je, quelque peu happée par ce point particulier.

*Il était fiancé à une autre femme. Une* Oméga *camouflée.*

Ma louve grogne en moi, manifestement agacée par cette découverte. Ou peut-être qu'elle sent juste mon malaise à ce sujet.

— Non, murmure Enrique. Je n'ai jamais été intéressé par le mariage. Je l'ai accepté uniquement parce que je soupçonnais Carlos de m'offrir Kari en cadeau de mariage. Je voulais la sauver.

C'est donc bien de Kari qu'il s'agit.

— Tu l'aimes ?

C'est une question indiscrète, et pourtant… je ne peux m'empêcher de la poser. *A-t-il le cœur brisé qu'un autre Alpha l'ait sauvée et revendiquée ?* Mon estomac se retourne à cette idée, et mon cœur manque quelques battements.

— Comme une sœur, oui, répond-il. J'avais l'habitude de lui rendre visite dans les cachots. Ça servait deux objectifs : convaincre Carlos que j'étais le monstre qu'il voulait que je sois, et me permettre de prendre de ses nouvelles. Il ne se doutait pas que tout ce que je faisais pour elle, c'était ronronner.

Mes entrailles se tordent à nouveau à l'idée qu'il ronronne pour une autre femelle. Une autre *Oméga.* Je veux que son ronronnement soit rien que pour moi. Ce qui n'est pas juste. Cet Alpha n'est pas le mien, même s'il est gentil avec moi.

— Tu as un ronronnement très agréable, lui dis-je, les joues échauffées par cet aveu.

— Ah oui ? sourit-il. (Il effleure ma joue de ses phalanges, un geste que je commence à aimer plus que tout au monde.) Merci, *pequeño tesoro.* Je peux ronronner pour toi quand tu veux.

*Maintenant, ce serait génial*, songé-je, mais je n'ai pas le courage de le dire à voix haute. Alors je me contente de hocher la tête, mon visage encore plus chaud, surtout là où il vient de me toucher.

— Quoi qu'il en soit, c'est très long à expliquer pourquoi je déteste Carlos et comment j'ai aidé à le tuer. (Il se penche dans son fauteuil, incline son grand corps vers moi.) J'ai fait beaucoup de choses dont je ne suis pas fier, Caja. Être le général de Carlos, c'était une question de survie, mais ça n'excuse pas tout ce que j'ai fait, tout ce que j'ai été obligé de faire.

Une lueur obsédante hante ses yeux noirs, leur donnant un éclat inquiétant. Je déglutis, un peu mal à l'aise avec cette lueur. Surtout parce que je la vois souvent se refléter dans le miroir quand je me regarde.

— Je comprendrais si tu ne veux pas me fréquenter, poursuit Enrique. Surtout si je te rappelle Bautista. Il n'était peut-être pas un général proche de Carlos comme je l'étais, mais il gérait une partie de l'opération, ce qui nous rend semblables à cet égard.

Je fronce les sourcils.

— Tu n'as rien à voir avec mon ancien Alpha.

Il ne m'aurait jamais parlé comme ça, et encore moins regardée. Enrique me fait sentir… *visible*. Me sentir importante. Me sentir en *sécurité*.

— Tu n'as rien à voir avec lui, répété-je en fixant ses yeux noirs. Tu es…

*À moi*, chuchote une voix douce en moi, ma louve ronronnant son accord.

Son regard soutient le mien, son expression s'assombrit. Mais pas d'une manière effrayante. Ses yeux... ses yeux sont... *intenses*. Ses lèvres sont pleines. Ses pommettes semblent taillées dans le marbre. Ses traits sont incroyablement beaux. Si masculins, et pourtant si beaux. J'ai envie de suivre sa mâchoire avec mon doigt. Lécher la fossette sur sa joue. Mordiller sa pulpeuse lèvre inférieure.

— Caja, murmure-t-il.

— Alpha, réponds-je.

Mon corps me picote de partout. J'ai l'impression que mes veines sont en feu et que le seul moyen de me calmer est de toucher cet homme. Cet Alpha. Ce loup impressionnant.

Je tends la main vers lui, soudain enhardie par le besoin de le palper. De caresser la barbe sur sa mâchoire. De me glisser sur ses genoux et de l'*embrasser*.

Il écarte les lèvres dans ce qui ressemble à une invitation.

Je me lève de mon siège, prête à accepter, mais j'y retombe alors qu'un énorme fracas tonne dans toute la cabine. Enrique se redresse aussitôt, son regard vole vers les fenêtres. Une série d'alarmes retentissent soudain tout autour de nous.

— C'est quoi ce bordel ? s'écrie-t-il. C'était dégagé, merde !

J'ignore de quoi il parle, et je n'ai pas l'occasion de demander parce qu'un violent éclair me fait me tasser dans mon siège.

— Putain ! crie Enrique.

Ses mains volent autour du cockpit tandis qu'il s'occupe des alarmes. Du moins je le suppose. Il attrape un casque, le coiffe.

— Tout le monde se rassoit et boucle sa ceinture !

Son ton de commandement est tout ce qu'il y a de plus alpha, ce qui fait gémir ma louve interne.

Je me débats dans mon fauteuil, essayant de comprendre comment fermer le harnais. Il est différent de ceux de la cabine, et mes doigts volètent en vain tandis que j'essaie frénétiquement de tirer les sangles sur mon corps.

— Attends, dit Enrique, d'un ton toujours aussi dur mais moins fort.

Son geste est étonnamment doux quand il repousse mes mains. Il se penche et tire les différentes boucles en place, les claquements étant à peine perceptibles dans les craquements de tonnerre qui secouent l'avion.

— Je n'ai aucune idée d'où vient cet orage, me dit-il. C'est comme s'il était apparu par magie de nulle…

*Braoum !*

Mes mains volent couvrir mes oreilles, tout mon corps tremble tandis que de violentes vibrations me secouent sur mon siège.

En jurant, Enrique allume divers écrans montrant des vues de caméras infrarouges. J'essaie de voir ce qu'il voit, mais je ne comprends pas. Cependant, je saisis que nous sommes dans le pétrin lorsqu'il se fige devant ce qu'il trouve.

Il active son casque.

— Sven ?

Malgré mon ouïe de louve, je n'entends rien d'autre que des parasites.

— Elias ? Ander ? Kazek ? Y a-t-il quelqu'un qui me capte ?

D'autres parasites.

— Putain, on va tomber, murmure-t-il, plus pour lui-même que pour moi. Activation des capsules de sauvetage, lance-t-il. (Cette commande me fait froid dans le dos.) *Merde.* (Il se dégage de son harnais.) Reste ici, Caja. Je reviens te chercher.

Je cligne des yeux.

— Quoi ?

Mais il est déjà sorti du cockpit et crie des ordres aux Omégas à l'arrière.

— Tu prends la capsule A, dit-il à l'une d'elles. Et toi la capsule B. Je n'ai pas le temps de vous donner des indications, il suffit de suivre les instructions à l'intérieur. Tout est automatisé, et pour ce que j'en sais, les capsules n'ont pas été touchées par la foudre.

*Un coup de foudre ?* Un autre frisson me traverse l'échine.

— Je suis vraiment désolée, entends-je Hel dire. Je… je ne sais pas ce qui s'est passé…

Je fronce les sourcils. *Pourquoi s'excuse-t-elle ?* Elle marmonne autre chose que je n'entends pas parce qu'un autre *broum* me fracasse les oreilles. Je grimace, mon ouïe sensible ne me rend pas service en ce moment.

— Tu peux contrôler ça ? lui demande Enrique.

Sa voix est un grondement lointain que j'arrive à peine à distinguer des échos dans ma tête. J'ai dû rater une partie essentielle de leur discussion, car je n'ai aucune idée de ce qu'il lui demande.

— N-non…

— Alors tu vas dans la capsule A, répond-il. On ne peut pas risquer un autre coup de foudre sur ce jet, et tu dois être loin des autres pour qu'elles aient une chance de survivre.

J'écarquille les yeux. *Est-ce que c'est Hel… qui a fait ça ? C'est pour ça qu'elle avait l'air si mal en point tout à l'heure ?* J'avais remarqué son teint pâle après le décollage, mais je pensais que c'était peut-être juste l'avion ou la peur de l'inconnu qui l'inquiétait. Était-ce autre chose ?

— D'accord, acquiesce-t-elle tandis que de nouvelles explosions assourdissantes ébranlent le cockpit.

J'essaie de regarder derrière mon siège pour voir ce qui se passe, mais les sangles me serrent la poitrine, m'empêchant de bouger. Et j'ignore comment les détacher.

Des tremblements secouent tout mon corps quand je réalise que je suis *prise au piège*.

*Enrique m'a laissée ici. Non. Il va revenir. Il… il ne partira pas sans moi. N'est-ce pas ?*

Mais lorsqu'une série de *sifflements* frappe mes oreilles, je réalise que les capsules sont toutes en train d'être éjectées, et que je suis toujours là. Attachée. Face à un mur de ténèbres lézardé d'éclairs.

*Un orage.*

Et il y a aussi des hululements tout autour de moi. Des alarmes. Des écrans qui clignotent avec des points d'exclamation. Une voix automatisée qui lance un compte à rebours.

*Oh, Dieux, je vais mourir ici. Je vais…*

— *Caja.*

L'appel d'Enrique résonne dans ma tête et je me tourne d'un sursaut vers lui à mes côtés. Je n'ai aucune idée du temps qu'il a mis, mais il porte une sorte de sac à dos, ainsi qu'une paire de lunettes de sécurité sur la tête.

— On va devoir sauter.

Je cligne des yeux, certaine d'avoir mal entendu.

Mais en regardant au-dehors, je réalise que nous ne sommes plus dans le nuage d'orage. Le ciel est à nouveau dégagé, la lune est haute dans le ciel. Même un peu trop trop haute. Et nous sommes penchés en avant.

— Le jet va s'écraser, reprend Enrique. Cette tempête bizarre qu'Hel a créée a arraché un…

Il titube quand le cockpit est secoué de violentes vibrations.

— Il faut qu'on parte tout de suite, grogne-t-il.

Il plonge sur moi pour me dégager du harnais, m'arrache du siège avant que j'aie le temps de bouger et commence à tirer d'autres sangles sur moi. Sauf que celles-ci sont reliées à lui, et non au fauteuil.

Je me cramponne à ses larges épaules tandis que le sol est secoué sous mes pieds. Tous mes membres tremblent de nervosité.

— Je te tiens, dit-il en me soulevant. Et je ne te lâcherai pas.

Il me serre contre sa poitrine, ses bras autour de moi sont comme des bandes d'acier, sa force est plus sûre que les sangles qu'il vient de passer autour de mon corps.

— Ferme les yeux, Caja, murmure-t-il à mon oreille quand l'air s'engouffre dans le cockpit.

J'enfouis ma tête contre son épaule et m'agrippe à lui, mon cœur battant la chamade. Puis la sensation de chute me fait hurler de terreur, et un vent glacial cingle ma peau nue. Enrique ronronne, un son fort et exigeant dans l'air qui tourbillonne autour de nous. J'essaie de me presser encore plus contre lui, déterminée à ce que cette vibration apaisante me suive dans la mort.

Car je n'ai aucun doute : je vais mourir.

Les loups peuvent endurer beaucoup de choses, mais nous venons de sauter d'un jet. Il n'y a aucune chance que nous puissions survivre à cette chute. Nous allons nous fracasser à l'atterrissage. Nous briser en mille morceaux.

Mais si je dois mourir, au moins ce sera comme ça, dans les bras du premier Alpha attentionné que j'ai jamais rencontré. Une acceptation morbide. Toutefois, j'ai toujours su que je mourrais d'une mort horrible et douloureuse. Je suis simplement contente de ne pas être seule.

Je me détends dans son étreinte, reconnaissante pour sa puissance, sa tendresse, les quelques moments de paix qu'il m'a donnés.

— Tu es un bon Alpha, lui dis-je, pas sûre qu'il puisse vraiment m'entendre par-dessus le rugissement du vent. Merci de m'avoir montré que certains Alphas peuvent être gentils.

Une vision de ce qui aurait pu être se forme derrière mes paupières, me montrant une destinée dont j'aurais eu envie dans une autre vie. Une destinée impliquant Enrique. Le choisir comme compagnon. Être revendiquée par lui. Porter ses chiots.

C'est un rêve. Un fantasme qui, je le sais, n'arrivera jamais. Mais c'est une belle vision à entretenir sur le chemin de ma…

Ses bras se lèvent et tout est secoué, et je pousse un

cri quand notre chute libre est brusquement tirée vers le haut. Et soudain nous voilà en train de rouler dans les airs, et non plus de chuter. Je cille contre son torse, troublée par la diversité des sensations, l'estomac brassé.

— L'atterrissage va être rude, gronde Enrique à mon oreille. Mais je t'ai toujours, *tesoro*. Ne me lâche pas, d'accord ?

Je n'en ai aucunement l'intention, alors je me cramponne plus fort à lui et me délecte de son ronronnement. C'est relaxant. Hypnotique. Presque tranquille. J'entends battre son cœur à un rythme régulier que je m'efforce de suivre. Sa présence est apaisante, sa force rassurante.

Les rafales de vent semblent se calmer, peut-être parce que je suis tellement concentrée sur Enrique que je n'entends rien d'autre.

Soudain un choc sourd nous secoue tous les deux, puis Enrique bondit en avant et se met à courir. Je sursaute, désorientée par le changement brutal de sensations. Il y a un instant, j'avais l'impression de flotter. Et maintenant… tout est de nouveau cahoteux.

Enrique crache un chapelet d'obscénités, son ronronnement mourant sous ses paroles.

— Il faut que je te pose, *pequeño tesoro*.

Je m'agrippe à ses épaules, ne voulant pas le lâcher, mais il est déjà en train de détacher les sangles autour de moi.

— Je dois me débarrasser de ce truc, et je ne peux pas le faire avec toi dans mes bras, m'explique-t-il en essayant de dénouer mes bras de son cou.

Un gémissement m'échappe quand il parvient à

surmonter ma force. Ma louve se recroqueville en moi, terrorisée.

Sauf que mes pieds ne sont plus dans l'air, ils touchent quelque chose de doux. Quelque chose de *granuleux*. Je réalise que c'est du *sable*, et je baisse les yeux en tressaillant. *Qu'est-ce que… ?* Je regarde autour de moi, mon esprit déchiffrant lentement la vision qui s'offre à moi.

*Des vagues douces. Du sable blanc. Une lune presque pleine. Des étoiles.*

Des bruissements d'animaux me titillent les oreilles, et je me retourne vers un village aux allures de jungle qui s'étend derrière nous. Je fronce les sourcils en voyant tous les bâtiments envahis de broussailles et autre nature sauvage.

— Où sommes-nous ? murmuré-je, confuse, alarmée et en partie… soulagée.

Car nous avons survécu. Je regarde Enrique en train de se démêler d'un tas de cordages. *Un parachute*, réalisé-je, commençant à comprendre ce qui s'est passé au cours des dernières minutes – ou *heures*.

Nous avons sauté du jet. Avec un parachute.

— Pourquoi on n'a pas pris une capsule de sauvetage ? demandé-je dans la foulée de ma première question.

— Elle fonctionnait mal, probablement à cause de la tempête de Hel, marmonne-t-il. (Il tranche les derniers cordons avec un couteau, arrache ses lunettes puis pointe du doigt un brasier au loin.) Et nous venons de nous écraser dans le Secteur des Exilés. Plus précisément sur l'île au Venin.

# ENRIQUE

*C'est un putain de cauchemar.*

Parmi tous les endroits où peut s'écraser un avion, il a fallu que ce soit ici, dans ce foutu Secteur des Exilés. Je ne sais pas grand-chose sur les îles de ce secteur, juste que toutes les espèces surnaturelles envoient ici leurs Alphas sauvages et incontrôlables se gouverner eux-mêmes.

J'ai senti la barrière en arrivant, le bourdonnement de l'électricité qui empêche les Alphas enragés de s'échapper de ces îles. Chacune est différente, les surnaturels choisissant la façon dont ils isolent leurs habitants. Je ne peux qu'espérer que la barrière que j'ai sentie onduler sur ma peau nous laissera partir, Caja et moi.

*En supposant qu'on trouve un moyen de quitter cette île paumée.*

Je passe ma main sur mon visage, mes jambes sont raidies par notre atterrissage brutal. Heureusement, mes gènes de loup s'activent déjà à me guérir.

Ça faisait longtemps que je n'avais pas sauté en parachute. Et j'étais censé être seul à sauter du jet, après l'avoir placé sur une trajectoire autopilotée vers l'île au Venin. Mon plan initial était d'écraser l'avion pour faire diversion et me permettre d'atterrir en toute sécurité de l'autre côté de l'île, retrouver la capsule de sauvetage de Caja, puis chercher un endroit où nous cacher en attendant de l'aide. Mais la dernière capsule s'est bloquée, ce qui a modifié le plan : j'ai sauté du jet avec Caja dans mes bras.

Et ce léger retard nous a fait atterrir beaucoup plus près du lieu du crash que je l'avais prévu.

Caja fixe toujours l'endroit les yeux ronds, totalement inconsciente des dangers qui la guettent. Car c'est une Oméga sur le point d'avoir ses premières chaleurs — des chaleurs que j'ai commencé à sentir au moment où l'éclair a frappé — et échouée sur une île remplie d'Alphas sauvages.

Tout ça va vraiment mal tourner, et très vite.

Je consulte ma montre. *Pas de signal.* Bien sûr qu'il n'y a pas de signal. On est coupé du monde ici. Notre seule planche de salut, c'est qu'Ander va bientôt se rendre compte que nous n'avons jamais atteint le secteur Nova. Alors avec un peu de chance, il activera son système de traçage du jet et des capsules et enverra une équipe de secours à notre recherche.

*Si son équipe peut franchir cette barrière, du moins,* pensé-je avec inquiétude. Les loups d'Ander ne pourront pas venir nous récupérer si cette barricade magique fonctionne comme une entrée à sens unique. Cet endroit est censé garder ses habitants sur place — pour de bon.

Mais il y a peut-être une méthode détournée que j'ignore. Je n'ai jamais été Alpha de secteur, donc je ne connais pas les particularités de cet endroit. Je sais juste que je n'aurais jamais souhaité venir ici.

*Eh bien, il est trop tard pour ça. Parce qu'on y est maintenant, putain. Et...*

— On va courir, avertis-je Caja. Déshabille-toi et transforme-toi.

Parce qu'elle aura très certainement besoin de ses dents et de ses griffes.

Elle détache ses yeux noirs des flammes lointaines pour me regarder.

— Me transformer ?

— Oui. Maintenant, Caja.

Ce n'est pas le moment d'être gentil ni d'expliquer. Elle doit juste faire ce que je lui demande et me laisser diriger.

Je m'accroupis pour couper une dernière sangle, libérant ainsi le sac que j'avais pris dans l'avion. Il est rempli d'armes à feu, de grenades, de fusées éclairantes et de quelques objets de première nécessité. Toutes les capsules de sauvetage auraient dû être équipées d'articles similaires, mais je n'ai pas eu le temps de les vérifier une par une. Je n'ai pu qu'indiquer le système automatique de la capsule, puis les enfermer dedans. Et prier pour qu'elles atterrissent saines et sauves.

Mes tripes se tordent à l'idée que toutes ces Omégas soient perdues sur ces îles. En gros, je les ai transportées d'un enfer à un autre.

Caja m'a appelé « un bon Alpha » pendant que nous étions dans les airs. Elle n'a aucune idée de l'erreur qu'elle commet à ce sujet. Je viens de perdre huit Omégas. *Huit*. Ce n'est pas digne d'un bon Alpha. J'aurais dû être plus attentif, me rendre compte qu'il se passait quelque chose et aider Hel avant que son pouvoir implose.

Il est vrai que je n'avais aucune idée de ce que j'aurais dû chercher. Hel est une louve Ulv. Je ne savais même pas qu'elles avaient la capacité de contrôler la météo.

*Merde*. Je me frotte à nouveau le visage, puis secoue la tête. Je n'ai pas le temps de m'appesantir sur cette question. Je n'ai peut-être pas pu sauver toutes les Omégas, mais j'en ai une que je peux protéger. Et je vais faire tout mon possible pour qu'elle survive ici.

Je pivote vers elle et me fige en découvrant sa louve noir de jais assise sur la plage, qui me regarde avec docilité. Elle est si jolie. Tout ce dont j'ai envie, c'est m'accroupir devant elle et caresser son doux museau.

— Tu es belle, lui dis-je.

Car je ne peux pas ne rien dire. Elle est *magnifique*. Mais au lieu de la caresser comme j'aimerais, je ramasse ses vêtements et les fourre dans mon sac.

Elle secoue sa fourrure en réponse, puis me lance un regard expectatif.

— On va courir maintenant, répété-je. Je veux que tu me suives et que tu fasses exactement ce que je dis quand je le dis, d'accord ?

Elle penche la tête, ce que j'interprète comme une confirmation.

— Bonne fille, la félicité-je. (Je cale le sac sur mon dos.) Allons-y.

Caja trotte à mes côtés pendant que je scrute le littoral, tous mes sens en alerte.

L'île au Venin était connue autrefois sous le nom de Jamaïque, mais la plage, jadis bordée de stations balnéaires, a été reconquise par la végétation environnante. Comme beaucoup d'autres régions du monde, elle présente un aspect dystopique, racontant ce qu'était la vie autrefois et ce qu'elle est devenue sur cette planète.

Je marche avec prudence et vigilance, l'oreille tendue, guettant les menaces. J'ai choisi l'île au Venin parce qu'elle abrite des créatures que je connais, des Alphas X-Clan. C'est bien mieux que l'île aux Parias voisine, une terre volcanique peuplée de vampires.

Un frisson me parcourt à cette pensée.

J'espère vraiment que Guðrún n'a pas atterri là, elle était dans l'une des dernières capsules. Une erreur de jugement de ma part, mais je n'ai pas fait attention à l'ordre dans lequel tout le monde s'est échappé. Je voulais juste qu'elles quittent toutes le jet avant qu'il s'écrase, car je n'aurais jamais pu le faire atterrir en toute sécurité. Ce jet allait se crasher avec ou sans nous, et j'ai choisi la deuxième option.

Caja et moi continuons à longer la plage, la lune brillant au-dessus de nos têtes. Il doit être trois ou quatre heures du matin. Je consulte ma montre qui me confirme qu'il est un peu plus de trois heures. Et le symbole indiquant que nous sommes déconnectés du monde clignote toujours en haut de l'écran.

*Tu sais que la situation est mauvaise quand la technologie satellite ne fonctionne pas dans ton coin,* songé-je sombrement.

Évacuant cette pensée, je scrute un bosquet dense devant moi. Il borde l'une des anciennes stations balnéaires, et les broussailles y sont plus épaisses qu'ailleurs. On dirait que la plage s'amincit au-delà, au profit d'une côte rocheuse qui s'enroule en une crique.

Je fais une pause lorsque nous l'atteignons, remarquant l'élévation qui augmente rapidement. La plus grande partie de la crique est bordée de falaises et non de plages, formant un terrain plus accidenté que je l'imaginais en bord de mer.

Mais cela me donne une idée. Plus nous serons près de l'eau, plus il sera facile de masquer l'odeur de Caja. C'est pourquoi j'ai longé la côte – au cas où elle aurait besoin de plonger pour se débarrasser de son séduisant parfum.

— Reste ici une minute, intimé-je.

Je file parmi les arbres pour voir s'il y a un chemin praticable vers la côte rocheuse. Ce qu'il nous faut, c'est une grotte. De préférence difficile d'accès et avec une seule entrée, que je pourrais garder facilement.

Cela me prend quelques minutes, mais je repère enfin un chemin qui me permet de mieux évaluer la crique. Je me perche sur un rocher et scrute en quête de quelque chose de prometteur.

L'eau déferle sur les pierres, puis se retire vers la mer, et se jette à nouveau en avant.

Rien ne retient mon attention en tant que cachette potentielle. Pourtant il doit bien y en avoir une. Je m'assois et j'observe, tout en comptant mentalement les minutes. Caja n'est pas loin derrière moi, son odeur ondule dans l'air comme une foutue balise. Ma bite se raidit de plus en plus à chaque inspiration, ses chaleurs approchent vite.

*On va devoir tenter le coup*, décidé-je, remarquant un endroit plus sombre au loin qui paraît enfoncé dans les rochers. Si ce n'est pas une grotte, nous…

Un hurlement lointain fait dresser les poils de ma nuque – un son que je connais trop bien : c'est un Alpha qui alerte sa meute. Un Alpha en chasse.

*Un Alpha qui vient de flairer une Oméga fertile.*

*Putain !* Je sprinte hors des bois rejoindre Caja qui est tapie au bord de l'eau, sa queue de louve entre les jambes.

— Par ici, lui dis-je avec insistance.

Elle n'hésite pas, sa louve bondit à mes côtés et me suit à travers les broussailles. C'est une vraie jungle ici, et le sol rocailleux est bien plus dur que la plage de sable. Mais Caja me suit sans peine, sa louve agile et menue avance rapidement à mes côtés.

J'accélère le pas tandis que les hurlements se font plus forts. Mon loup intérieur grogne en réponse. *À nous*, dit-il. *Cette Oméga est à nous.* Et on ne partage pas, putain.

— Focalise-toi sur moi, conseillé-je à Caja, afin d'obtenir toute son attention. Ignore leurs hurlements.

C'est sans doute plus facile à dire qu'à faire. Surtout pour une Oméga au bord de ses chaleurs. Il suffit d'un grognement pour la rendre suppliante et qu'elle reprenne sa forme humaine. Elle est vulnérable aux exigences d'un Alpha, même lorsqu'elle n'est pas dans cet état. Avec son œstrus en plus, et elle est sans défense face à notre appel. Elle roulera sur le dos et écartera ses jolies jambes, puis suppliera qu'on la noue.

Mon propre nœud palpite à cette idée. C'est un besoin fondamental. Une pulsion à baiser. À revendiquer. À se *reproduire.*

*C'est pour ça que je l'ai trouvée irrésistible ?* m'interrogé-je, fronçant les sourcils.

Non. Ce n'est pas la première Oméga qui a ses chaleurs dans mon entourage. J'ai vu Kari dans cet état il y a un an, j'ai ronronné pour elle et l'ai forcée à dormir pendant que son corps se tordait de souffrance. Pas une seule fois je n'ai voulu la baiser.

Et j'ai aussi assisté à ma part de fêtes de l'œstrus. Cependant, aucune Oméga ne m'a jamais attiré comme Caja le fait maintenant. Peut-être parce que Kari a toujours été mon centre d'intérêt, mais j'aurais dévié si quelqu'un comme Caja avait attiré mon attention. Il y a quelque chose en elle qui appelle mon loup intérieur, exigeant que je lui coure après. Si elle avait été à l'une de ces fêtes, j'aurais eu du mal à choisir entre Kari et Caja. J'aurais voulu les avoir toutes les deux pour des raisons très différentes.

Kari, je voulais simplement la sauver.

Caja… Caja, je veux la ramener dans ma tanière. La nouer jusqu'à ce qu'elle ne puisse plus marcher. Enfoncer mes dents dans sa chair et la faire *mienne.*

Un autre hurlement arrache un grondement de ma poitrine, possessif et sauvage, qui fait trébucher Caja à mes côtés.

— Merde, marmonné-je. Désolé. C'est mon loup. Il se sent défié.

Parce qu'il *est* défié. Par une île remplie de loups sauvages.

J'accélère, le besoin de mettre Caja en lieu sûr me pousse à l'instinct. Elle court à mes côtés, mais je ressens son anxiété maintenant, je flaire sa peur. C'est un putain d'aphrodisiaque qui va attirer encore plus de prédateurs.

Et qui rend ma bête intérieure folle de désir.

Je lutte contre l'envie de gronder et d'exiger qu'elle se transforme. De la prendre contre un arbre comme un maudit sauvage.

Le ressac de l'eau sur les rochers est le seul bruit qui m'ancre dans le présent et me pousse en avant tandis que nous courons à l'intérieur de la crique. Nous sommes sur une pente que nous gravissons vers d'autres arbres situés au bord d'une falaise.

Il n'y a pas d'anciennes bâtisses ici, juste des arbres luxuriants et des sous-bois inextricables.

Je m'arrête pour scruter la côte, cherchant l'espace que j'ai remarqué en explorant les lieux tout à l'heure. *J'y suis presque*, me dis-je en repartant.

Mais les hurlements sont plus forts à présent, hérissant mes bras de chair de poule. *Plus vite*, me dis-je. *Plus vite, putain.*

Caja sprinte à mes côtés, sa terreur augmente.

Je me fige soudain lorsqu'une odeur indésirable s'empare de mes sens. *Alphas.*

Un grondement me serre la poitrine.

— *Cours !* lui intimé-je.

Je m'éloigne de la côte, abandonnant le plan de la grotte. Caja est sur mes talons, sa louve haletant sous l'effort. Je n'ai aucune idée d'où nous allons maintenant – juste loin des odeurs d'Alpha. Loin des hurlements. Juste... *loin.*

Je saute par-dessus un tronc couché et elle fait de même, puis je sprinte vers un bruit d'eau qui coule. Nous sommes dans les terres, donc il doit s'agir d'un ruisseau ou d'une chute d'eau, mais peut-être que cela suffira à masquer l'odeur de Caja.

Oh, de qui je me moque ? Son parfum est comme une foutue balise qui crie *Baise-moi*.

Des brindilles et des feuilles craquent derrière nous, confirmant que nous sommes poursuivis, si les grognements et hurlements ne me l'avaient pas déjà fait savoir.

La plupart d'entre eux sont sous forme de loups, ce qui leur donne un avantage sur mon corps humain. Mais je ne peux pas tirer au pistolet avec mes pattes.

J'esquive une branche basse, puis je pile en découvrant que nous arrivons dans une impasse.

Ou plutôt, au bord d'une autre falaise. *Avec une cascade.*

J'inspecte rapidement l'endroit, ma vision nocturne me permettant de distinguer chaque détail. On ne peut pas sauter : il y a trop de rochers en bas. Même si grâce à notre génétique améliorée, on survivrait tout à fait à une chute de cette hauteur, il nous faudrait un certain temps pour guérir.

*Merde.*

Caja me frôle, son corps vibre de nervosité.

Je pose ma main sur sa nuque, puis je penche la tête d'un côté, lui disant muettement de me suivre encore.

Nous longeons le bord de la falaise jusqu'à ce que nous trouvions ce qui ressemble à un ancien sentier envahi par la végétation. Je commence à l'emprunter, puis j'y réfléchis à deux fois et je murmure :

— Vas-y. Je te retrouve en bas dans l'eau.

Ses yeux me disent qu'elle n'aime pas cette idée, son énergie bourdonne d'inquiétude. Mais en bonne louve, elle se met en route tandis que je m'accroupis pour ouvrir mon sac et en sortir quelques articles utiles.

La plupart des loups se battent sous leur forme animale. Dans n'importe quelle autre situation, je l'aurais fait. Mais la fierté n'a pas lieu d'être ce soir. Tout ce qui compte, c'est la survie. La survie de *Caja*.

Je balance le sac sur mes épaules et vais me cacher derrière un arbre.

Et j'attends que les Alphas arrivent pour lancer les festivités.

# CAJA

Un coup de feu retentit dans la nuit, un bruit que je reconnais pour l'avoir entendu chez moi.

Parfois, des Omégas s'échappaient. Mais ça ne durait pas longtemps.

Je me tapis sur le sentier et aplatis mes oreilles de louve pour tenter de déterminer d'où est venu le coup de feu. J'en entends un autre peu après. Puis un grondement féroce. Et des *hurlements*. Tellement de hurlements.

Je frissonne, les poils de mon dos se hérissent.

*Où est Enrique ?*

Les balles ne peuvent pas tuer notre espèce, elles ne font que nous affaiblir momentanément. Mais cet affaiblissement peut durer assez longtemps pour décapiter et tuer définitivement un métamorphe.

*Enrique est-il blessé ?*

Je m'arrête sur la pente raide et me tourne vers là où nous nous sommes séparés, l'incertitude me tordant les tripes. *Dois-je… dois-je y retourner ? A-t-il besoin de moi ?*

*Mais comment pourrais-je l'aider ?* me questionné-je aussitôt, l'estomac noué à cette idée. Je… j'ai des griffes et des dents… mais je n'ai jamais combattu personne. Et je n'ai aucune chance contre un Alpha, encore moins contre une meute.

Non. Je dois obéir à ce qu'Enrique m'a ordonné au début : faire ce qu'il dit quand il le dit. Et il m'a dit de descendre dans l'eau et de me cacher.

Je reprends ma marche, plantant mes pattes de loup dans la terre pour garder l'équilibre sur cette pente très inclinée. Ce n'est pas une falaise, mais le sentier est bordé par une falaise. Ma louve jette un coup d'œil par-dessus le bord, ce qui provoque un frisson au fond de moi. Je n'ai jamais connu une telle hauteur, et je n'en mène pas large.

Un autre coup de feu retentit, dont l'écho me traverse l'échine. C'est du moins ce que je ressens.

*Lunes, je vous en prie, faites en sorte qu'Enrique aille bien.*

Je force ma louve à avancer, ses pattes tremblent sur le sentier. Je suis presque arrivée en bas quand une explosion retentit. Je m'immobilise.

Des rugissements suivent, puis une silhouette apparaît en haut de la falaise. C'est un loup massif au pelage noir et aux yeux d'or brillants. Il les darde sur moi et retrousse ses lèvres sur un grognement menaçant. Je l'entends aussi nettement que s'il était près de moi. Puis il renverse la tête en arrière et se met à hurler.

*Oh, Dieux…*

Mes entrailles se nouent, mon estomac se serre encore plus fort.

Je crapahute jusqu'à l'eau, ayant soudain besoin de

me rafraîchir. Car mes veines sont en feu. Et ma louve…
ma louve veut me lâcher, me forcer à reprendre forme
humaine.

*Non, non, non,* répété-je en plongeant dans la lagune.
L'eau froide ne parvient guère à dissiper la chaleur qui
envahit mes nerfs. C'est comme si un brasier était en
train de dévorer tout mon être. Je me roule en tous sens,
essayant de calmer les flammes rugissantes. Mais elles
me dévorent.

Et les grognements… *Dieux, les grognements…*

Je gémis, ma louve disparaît à mesure que ma forme
humaine s'impose. Un cri me déchire la gorge, la
douleur de la transformation me rend impuissante et
inutile dans l'eau.

*Qu'est-ce qui m'arrive ?*

— Bouge ! gronde Enrique, sa bouche soudain à
mon oreille, ses mains empoignant mes hanches.

J'essaie de lui obéir. Mais je… je ne peux pas. C'est
trop. Les hurlements. *Les grondements.*

Une vibration m'envahit et quelque chose de chaud
berce ma tête. *Enrique…*

Il ronronne. Il est ici. Il est vivant.

Mais le monde tourne. Il va trop vite. Et j'ai encore
trop chaud. Je suis trop bouleversée.

Le ronronnement s'intensifie, les bras d'Enrique
forment des bandes de muscles autour de mon torse. Ou
du moins… je crois que ce sont ses bras.

Avant que je puisse vraiment en être sûre, ces bandes
ont disparu. Et le ronronnement aussi.

— Je reviens te chercher, l'entends-je proférer.

J'ouvre la bouche pour répondre, mais un grand

*boum* secoue chaque parcelle de mon corps, me coupant la parole.

Le monde vire au noir total. Puis des éclats de lune me regardent à travers le plafond.

*Où suis-je ?* m'étonné-je en me tordant autant que mon estomac me le permet. Je n'y arrive guère, car un spasme me saisit et me fait me mettre en boule une fois de plus. *Aïïïïe.* Des larmes se forment dans mes yeux, brouillant ma vision.

*De l'eau*, me dis-je, m'accrochant à ce mot. *Il y a de l'eau… en dessous de moi.*

J'ai l'impression d'être sur une sorte de pierre glissante. J'y promène ma main, sa fraîcheur est un répit bienvenu pour mes doigts brûlants. Quelques flammes semblent s'éteindre, ma poitrine ne brûle plus d'une chaleur indicible.

Je soupire et ferme les yeux, tandis que je trace des formes indistinctes sur la roche.

Le temps passe. Des minutes. Des heures. Je ne sais pas trop. Je suis dans le coltard, mes membres s'engourdissent.

Soudain une nouvelle crampe me tord l'estomac, m'arrachant un gémissement.

*Dieux, ça fait mal !*

Tout en moi n'est que douleur, insufflant une nouvelle vie au feu qui m'habite.

Un cri se loge dans ma gorge, je couvre ma bouche de ma main, puis me mords la paume pour tenter de le retenir. J'ai déjà éprouvé la souffrance. Je sais garder le silence. Mais Dieux, je n'ai jamais rien connu de tel.

Je roule hors du rocher, puis m'agite en tous sens et

m'immerge dans l'eau glacée. Un gargouillis bouillonne à mes oreilles, mes bras battent sauvagement tandis que mes mains cherchent quelque chose à quoi s'accrocher.

*Le rocher*, me dis-je. Je plante mes ongles dessus, essaie de me hisser. Puis mes genoux s'écorchent contre d'autres arêtes dentelées sous l'eau, faisant couler le sang. Mais je m'en fiche, je m'agenouille sur la surface rugueuse, la tête hors de l'eau et les bras sur la pierre dont je viens de rouler.

Du moins je suppose que c'est de là que je suis tombée.

Je cligne des yeux, une partie de mon environnement m'apparaît. Il y a plus de lumière maintenant. Non pas que j'en aie besoin, ma vision nocturne est excellente en général. Mais des rayons de soleil venant de très haut éclairent la grotte autour de moi.

C'est… c'est une petite oasis.

Des filets d'eau ruissellent le long des parois, éclaboussant la lagune dans laquelle je suis agenouillée.

Mes entrailles se serrent de nouveau, mais moins violemment, l'eau m'offrant un répit temporaire.

Je me déplace un peu pour m'asseoir sur mes talons. L'eau m'arrive juste au-dessus des seins. Elle n'est pas profonde, du moins pas là où je me trouve. Je soupçonne que la profondeur est la même dans toute cette utopie souterraine, mais je ne me sens pas assez à l'aise pour l'explorer. Qui sait quand cette angoissante oppression me frappera encore ? Et si c'est plus profond ailleurs, je risque de me noyer. La natation est un talent que je n'ai jamais maîtrisé.

Je bouge de nouveau, me rassois et remonte mes

genoux contre ma poitrine, puis je pose mon menton dessus. Je suis dans l'eau jusqu'au cou, ce qui me soulage encore plus. Lentement, je commence à me sentir de nouveau moi-même. Plus concentrée. Plus… consciente.

*Où est Enrique ?* me demandé-je, levant les yeux vers la lumière du jour qui tombe d'en haut. Cela doit faire des heures qu'il est parti. Et cela fait un moment que je n'ai rien entendu d'autre que ce rugissement dans ma tête.

À présent, tout ce que je perçois, c'est l'égouttement de l'eau. C'est apaisant, mais pas autant que le ronronnement d'Enrique.

« Je reviens te chercher », m'a-t-il annoncé.

*Quand ?* aimerais-je savoir maintenant. *Et où es-tu allé ?* Je déglutis. *Et s'il ne revient pas ?*

Je peux rester longtemps sans manger ni boire. Mais il faudra bien que je finisse par m'aventurer dehors. *Si je trouve un moyen de sortir*, songé-je en scrutant de nouveau les parois, sourcils froncés.

Je ne repère aucune sortie évidente.

*Est-ce que je suis coincée ici ?* Les poils de ma nuque se hérissent tandis que je me remémore l'explosion que j'ai entendue après qu'Enrique a promis de revenir me chercher. Je ne me rappelle pas ce qui a suivi, les seuls bruits étant ceux provoqués par ma souffrance.

Et s'il avait scellé cette grotte d'une manière ou d'une autre ? Si des pierres étaient tombées par accident ? Était-ce un éboulement ?

Je me mords la lèvre inférieure, mon cœur bat la chamade dans ma poitrine.

Paniquer ne va pas m'aider ; rester assise dans cette lagune non plus.

Je me relève et amorce un pas en vue d'explorer, mais les flammes me submergent une fois de plus. Un cri m'échappe tandis que mes genoux cèdent et que le havre aqueux m'engloutit aussitôt dans son baiser frais.

Je frissonne, de nouvelles larmes coulent le long de mes joues.

*Qu'est-ce qui ne va pas chez moi ?* Je me sens si faible. Si impuissante. Si… si… *chaude.*

Mes yeux s'écarquillent.

*Chaleur.* Dieux, je suis trop naïve. *Je vais avoir mes chaleurs.*

Mon Alpha a supprimé les inhibiteurs au début du mois en attendant de me livrer à l'Alpha Carlos. Il voulait que mes chaleurs soient *explosives.* Et maintenant… maintenant, elles arrivent enfin. Dans une grotte. Sur une île au milieu de nulle part. Remplie d'Alphas qui hurlent et grognent.

Je remonte mes genoux contre ma poitrine et appuie mon front dessus, mon souffle ridant l'eau juste en dessous de mon menton.

*Je vais mourir ici,* réalisé-je. Car il n'y a pas moyen d'échapper à mon destin.

Une fois que mon œstrus aura commencé, je serai en vrac et sans cervelle. Et ces Alphas vont me nouer à mort.

À moins qu'Enrique me revienne.

*S'il est encore en vie…*

# ENRIQUE

Je suis couvert de sang et de résidus macabres. Et pourtant, j'ai la trique.

Dieux, je suis à plus d'un kilomètre de Caja, et je la sens encore. Comme si elle avait marqué mon loup bien qu'elle n'ait pas été revendiquée. Tout ce dont j'ai envie, c'est courir la rejoindre et la baiser pendant des heures. Mais je dois finir de rassembler les provisions.

J'ai passé la majeure partie des dernières heures à repousser les adversaires alphas. Plusieurs d'entre eux sont actuellement coincés dans un trou que j'ai creusé à coups d'explosifs. Couper des têtes allait prendre trop de temps, alors j'ai bricolé une solution de détention temporaire.

Une balle dans la tête a mis un Alpha à terre pendant quelques heures, me permettant de traîner les corps jusqu'au cratère et de les jeter dedans. Ils finiront par trouver la sortie, mais d'ici là, je serai planqué dans la grotte avec Caja.

Du moins, c'est ce qui est prévu. D'où la nécessité de s'approvisionner.

*Nourriture. Eau. Abri.*

Les anciens hôtels sont très pratiques pour mon objectif, avec leurs réserves étonnamment abondantes. Malheureusement, les humains ont péri rapidement sur la plupart des îles : leur incapacité à échapper au virus les a anéantis en quelques semaines au lieu de quelques mois ou années comme dans d'autres régions du monde. L'Islande a été une anomalie, ainsi que d'autres îles nordiques abritant d'importantes populations surnaturelles.

Car les loups n'aiment pas la chaleur des Caraïbes, et les vampires ne supportent pas la lumière du soleil. C'était des créatures du genre dragons qui prospéraient ici, mais elles avaient tendance à vivre en des lieux plus éloignés de l'océan. Je ne sais pas du tout s'il y en a encore dans le coin ou non.

J'achève de remplir un sac – que j'ai trouvé dans un placard – avec une vieille poêle, des allumettes et une serviette, et je le balance sur mon dos avec mon autre sac. Puis je ramasse le filet de divers fruits et légumes que j'ai récoltés dans la nature. J'aurais souhaité attraper aussi des poissons, mais je n'ai pas trouvé de canne à pêche.

Je suppose donc que nous allons suivre un régime végan pendant quelques jours. Au moins, cela permettra à Caja de passer le cap de ses chaleurs.

Je suis au milieu du couloir de marbre couvert de mousse lorsqu'une odeur inattendue assaille mes sens, que je reconnais presque aussitôt. Je me fige et pivote légèrement sur ma gauche.

— Francesca ? soufflé-je, me demandant si je ne suis pas en train de perdre la tête.

Parce que c'est impossible.

Pourtant, je *connais* cet arôme d'agrumes et de citron vert, avec, sous-jacente, une subtile douceur de fraise.

— Hé, mon grand, murmure-t-elle d'une voix reconnaissable entre toutes. Ça fait un bail.

Je me retourne lentement, à moitié convaincu que j'hallucine.

Parce que Francesca est morte. Du moins elle est censée l'être.

— Comment est-ce possible ? m'étonné-je en détaillant sa grande et mince silhouette. (Ses cheveux noirs bouclés sont ramenés sur sa tête en un chignon, ses yeux noisette sont toujours aussi alertes.) Tu es morte…

— Tout le monde ne l'est-il pas sur cette putain d'île ? ricane-t-elle.

Je bats des paupières.

— Je ne comprends pas.

Je suis quasi certain d'être en vie. *À moins… à moins que…*

Je fronce les sourcils. *Non. Je suis bel et bien en vie.* Parce que je peux encore sentir Caja. Son parfum attirant appelle ma bite et me confirme que je suis très, *très* vivant.

— Tu fais une mine trop drôle, badine Francesca en plastronnant devant moi. J'ai dû avoir la même ce matin, quand j'ai trouvé cette fosse pleine d'Alphas que tu as creusée. Ce n'est pas une bonne façon de se faire des amis sur l'île, Riq. Hélas, je ne crois pas que tu trouveras beaucoup de loups amicaux ici de toute façon.

Je plisse les yeux, n'aimant pas la menace subtile qui souligne ses paroles.

— Toi y compris ?

Elle me dévisage de son regard toujours aussi perçant.

— Ça dépend de la raison pour laquelle Carlos t'a envoyé ici. Tu t'es mal comporté finalement ? Tu as bousculé le délicat équilibre de ses pouvoirs ?

Je lui retourne son regard.

— Carlos est mort.

Elle hausse ses sourcils noirs.

— Oh ? Depuis quand ?

— Depuis le début de la semaine. (Je repose lentement mon filet par terre, et les sacs glissent de mes épaules.) Les Alphas du Secteur Andorra et du Secteur Hiver l'ont éliminé.

— Et t'ont envoyé ici ? demande-t-elle, une pointe d'amusement malicieux retroussant ses lèvres.

— Non. (Je croise les bras, son hostilité croissante allume des alarmes dans ma tête.) Qu'est-ce qui se passe, Fran ?

Nous étions amis – plus que ça à l'occasion, en fait –, or je ne capte absolument aucune onde amicale émanant d'elle en ce moment. Mais cela fait bien plus de dix ans que je ne l'ai pas revue. Pendant toutes ces années, j'ai cru qu'elle était morte.

*Est-elle vraiment restée ici pendant tout ce temps ?*

— Dis-moi, Riq, rétorque-t-elle. Pourquoi es-tu ici ?

— Est-ce que par hasard tu aurais vu le jet qui s'est

crashé la nuit dernière ? avancé-je, sans donner plus de détails − car nous ne sommes pas seuls.

J'ai repéré deux autres odeurs en approche, toutes deux familières, bien que je n'arrive pas à définir leur identité.

— Ouais. Ça m'avait l'air d'un appareil de luxe, répond-elle. J'imagine que son propriétaire ne sera pas très content.

— Non, je m'en doute.

D'autant plus qu'il transportait neuf précieuses Omégas, à présent toutes dispersées dans le Secteur des Exilés.

— Et qui est-il au juste ? interroge une voix masculine.

Je me tourne vers le détenteur de l'une des odeurs familières que j'ai captées.

*Philippe. Merde.*

C'est comme si je rencontrais des fantômes du passé.

— Carlos ? insiste-t-il.

— Je viens de dire que Carlos est mort, répété-je, conscient qu'il m'a certainement entendu le dire à Francesca.

— Et tu penses qu'on va te croire ? lance une troisième voix, dont le ton masculin fait grogner mon loup en moi.

*Xavier.*

Il a essayé de tuer Carlos il y a trente ans. Il a échoué. Il est *mort*.

Pourtant, ses yeux bleus sont brillants de défi lorsqu'il franchit l'entrée de l'hôtel pour nous rejoindre dans le couloir principal.

*Qu'est-ce qui se passe ici, bordel ?*

Je suis entouré de trois Alphas censés être morts. Ils me fixent tous intensément, leurs regards bien vivants semblent me transpercer. Ces trois-là ne sont pas comme les Alphas que j'ai éliminés cette nuit. Ils sont intelligents. Très cohérents. Et tout à fait prêts à relever un défi.

*Ce n'est pas bon. Ce n'est pas bon du tout.*

Caja est dehors − seule − et sur le point d'avoir ses chaleurs.

Je n'ai pas le temps d'aborder les griefs du passé, putain. Pourtant, on en est là.

— Il a l'air surpris de nous voir, remarque Francesca avec un regard suspicieux.

— C'est parce que je le suis, répliqué-je entre mes dents serrées. À quoi tu t'attendais, bordel ? Je vous croyais tous morts. (Je jette un coup d'œil à Xavier.) Je t'ai regardé mourir, putain. (Puis je me tourne vers Philippe.) Et toi, je ne t'ai pas vu depuis un demi-siècle. Où étais-tu passé ?

— Ici, évidemment, répond-il, me balayant de ses yeux bruns. C'est là que Carlos envoie tous ceux qui s'opposent à lui.

— Mais ils ne sont jamais arrivés en fusée jusqu'à présent, ajoute Xavier d'un ton soupçonneux.

— C'est un jet, rectifié-je. Du Secteur Andorra.

Il hausse un sourcil noir.

— Du Secteur Andorra ? répète-t-il.

Je décroise mes bras.

— Si tu fouilles les débris, je suis sûr que tu trouveras quelque chose qui confirmera sa provenance.

Il ne dit rien, il continue simplement à m'étudier.

— Pourquoi tu sens l'Oméga ? s'étonne Francesca.

Elle s'est rapprochée de moi sans que je m'en aperçoive. Elle n'est plus qu'à quelques pas. Son corps souple évoque plus une chatte qu'une louve.

Philippe fait un pas en avant en fronçant le nez.

— C'est la même odeur que j'ai flairée sur la plage.

— Elle correspond aussi à l'une des odeurs du jet. Mais il y en avait d'autres, remarque Xavier en s'avançant également. Tu ferais mieux de t'expliquer, Enrique.

— Sinon quoi ? le défié-je, mon loup grondant en moi.

Xavier a beau être un Alpha impressionnant, qui a failli vaincre Carlos, j'ai grandi depuis notre dernière rencontre. Je suis fort. Et je ne me laisserai pas abattre facilement.

Surtout avec Caja en jeu.

— Il y a plus de trente Alphas sur cette île du Secteur Bariloche, intervient Francesca.

Je me tourne vers elle, les yeux écarquillés de surprise.

— *Quoi ?* (Je la fixe bouche bée.) Comment c'est possible ?

— Beaucoup d'Alphas se sont opposés à lui, explique Philippe d'un ton las. Mais tu n'as jamais fait partie de cette catégorie, *général*.

— Toi aussi, tu étais général, grogné-je.

Du moins jusqu'à ce qu'il tombe amoureux d'une Oméga et qu'il tente de la revendiquer.

— Pourquoi t'a-t-il envoyé ici ? insiste-t-il.

— Peut-être qu'il a mordu une Oméga ? suggère Francesca. Ça expliquerait pourquoi il en porte l'odeur.

— Laisse-le répondre, la coupe Xavier.

Il affermit sa posture en gonflant ses bras croisés sur sa poitrine. C'est un Alpha costaud. Plus fort que moi. Mais sa petite démonstration de muscles ne m'intimide pas.

— Dis-nous pourquoi tu es là, réitère-t-il la question de Philippe.

Sauf que la version de Xavier est soulignée d'une exigence indiscutable.

Il n'y a aucune chance que je parvienne à les battre tous les trois ensemble, s'ils décident de m'attaquer. Quoique je pourrais être capable de leur échapper. Mais alors je ne pourrais pas retourner auprès de Caja. Et elle a besoin de moi.

Dieux, elle est au bord de ses chaleurs. Je suis surpris que ces trois-là ne la sentent pas. Peut-être que c'est juste incrusté dans mes narines, sa présence réclamant mon âme avant même que je l'aie mordue.

*Parce qu'elle est à moi,* me dis-je, fermant les yeux et inspirant profondément.

Lorsque je les rouvre, Francesca est à un pas de moi, ses yeux presque au niveau des miens en raison de sa taille impressionnante.

— Réponds à la question, Riq.

Elle insuffle une note douce dans son ton, une note que je n'ai entendue que dans la chambre à coucher. Très séduisante. Mais elle ne me fait aucun effet.

— Le Secteur Bariloche n'existe plus, leur expliqué-je. Les Alphas des Secteurs Andorra, Hiver et Nordique l'ont entièrement brûlé. Et Carlos dans la foulée. Et j'ai apporté mon aide.

Xavier arque un sourcil noir.

— De quelle façon ?

— J'ai fourni les détails du protocole de sécurité et j'ai tué plusieurs généraux de Carlos. Ensuite, j'ai regardé Sven Mickelson tirer une balle dans la tête de Carlos. Et plus tard, je l'ai observé qui lui arrachait la tête. Mais il ne l'a pas brûlée. Il l'a mise dans une boîte et a dit que c'était un cadeau pour Kari.

Ma mâchoire se crispe, mon besoin de rejoindre Caja grandit chaque seconde.

— Ça ne nous dit pas pourquoi tu es là, grommelle Xavier.

— Une partie du démantèlement des opérations de Carlos impliquait d'emmener toutes les Omégas vers d'autres secteurs. Je pilotais un jet rempli d'Omégas, et l'une d'elles – une louve Ulv – a perdu le contrôle de ses capacités et a créé une tempête de foudre qui a frappé un composant du jet. Tout le monde a sauté dans des capsules de sauvetage et j'ai crashé le jet ici.

Tous trois échangent des regards.

— Vous pouvez me croire ou non, poursuis-je. Mais j'ai choisi l'île au Venin parce qu'elle abrite des Alphas X-Clan, pas parce que je savais que vous étiez ici. J'ai juste pensé qu'il serait préférable d'affronter des créatures sauvages de ma propre espèce plutôt que d'autres surnaturels.

Francesca fait un pas en arrière et se tourne vers Xavier.

— Il sent la vérité pour moi. Et crois-moi, je sais quand il ment.

— Je ne t'ai jamais menti, Fran, grogné-je.

Elle a été l'une de mes meilleures amies, fut un temps.

— Précisément, sourit-elle.

Je lève les yeux au ciel.

— Tu es toujours aussi espiègle.

— Je t'ai manqué, hein ? taquine-t-elle.

— Non, dis-je, mentant effrontément.

Son sourire s'élargit.

— *Ça,* c'était un mensonge. (Elle revient à Xavier.) Il m'aime.

Xavier n'a pas l'air aussi amusé que Francesca. Et Philippe… ses traits sont durs.

— Qui étaient les autres Omégas dans ton jet ? m'interroge-t-il d'un ton plus du tout badin.

Il est plus attentif maintenant. Plus sérieux. Et très nerveux.

— Des Omégas d'origines diverses, réponds-je. Toutes arrivées récemment dans le Secteur Bariloche. Jeunes. D'après ton époque.

Car je soupçonne qu'il pose la question pour une seule raison : retrouver celle qu'il a désirée il y a bien longtemps.

*Est-ce qu'il s'est vraiment accouplé avec elle ?* me demandé-je, dilatant mes narines. *Il ne sent pas l'accouplement.*

Sauf que…

Je flaire de nouveau. Il y a un soupçon sous-jacent de pomme qui altère son parfum épicé, et que j'ai failli rater. Mais il s'intensifie à chaque inspiration.

*Il l'a accouplée*, réalisé-je. *Il s'est accouplé avec l'une des Omégas de Carlos.*

— Où sont passées les autres Omégas ? s'enquiert-il, son loup brillant dans ses iris.

— Comment peux-tu être lucide ? retourné-je, faisant courir mon regard sur lui. Mon frère est un fou furieux en ce moment, grâce aux conneries de Carlos. Mais toi…

*Tu vas bien*, ai-je failli dire à haute voix.

C'est Philippe qui ne va pas bien. Je discerne à présent dans ses yeux comment sa bête le griffe de l'intérieur.

— Merde, soufflé-je, me passant la main sur le visage.

— *Où* sont les autres ? insiste-t-il d'une voix plus grave, plus rocailleuse.

— Philippe, avertit Xavier d'un ton dominateur.

— Andorra, dis-je à Philippe, ignorant Xavier. Toutes les Omégas blessées sont à Andorra, où un médecin oméga leur administre des soins.

Philippe est pratiquement en train de vibrer.

— Ne me mens pas.

— Je ne mens pas. Andorra possède de nombreuses technologies avancées. Je l'ai vu de mes propres yeux. Ils ont guéri Kari après ce que Carlos lui a fait. Et ils aident les autres Omégas en ce moment même. Si tu cherches dans ton âme, au plus profond de toi, tu sentiras la vérité.

Car son lien avec les Omégas, quelles qu'elles soient, devrait confirmer mes propos.

— Qui est Kari ? s'enquiert Xavier.

— La fille de Carlos, répond Philippe entre ses dents. Elle était encore une fillette quand je suis parti.

— Il s'est passé pas mal de choses depuis, murmuré-je en passant mes doigts dans mes cheveux. Joseph s'est accouplé avec Savi.

Philippe me regarde fixement.

— Il n'est pas ici.

— Je sais. Carlos l'a enfermé dans un cachot avec tous les autres. (Je lance un coup d'œil à Xavier et Francesca.) Enfin, c'est ce que je croyais en tout cas.

*Mais il y a plus de trente Alphas ici ?* songé-je, me rappelant ce que Fran a déclaré. *Quels Alphas ? Les autres ont-ils des compagnes ?*

Je suis sur le point de poser la question quand un hurlement déchirant parvient à mes oreilles et me transperce le cœur.

*Putain.*

C'est Caja.

Elle a des problèmes.

# CAJA

*Il ne revient pas.*

*Arrête ça*, me dis-je, essayant d'évacuer cette voix négative de ma tête. Mais elle murmure sans cesse des paroles cruelles.

*Enrique est mort. Il t'a laissée ici. Tu vas mourir seule.*

J'enfouis mon visage dans mes genoux, mes yeux brûlent de larmes non versées. Je déteste cette voix. Je la *déteste*. Parce qu'elle me rappelle chez moi. Avec mon Alpha, quand il m'oubliait pendant des jours. M'abandonnait dans la cave. Me privait de nourriture et d'eau.

*Enrique n'est pas Bautista.*

Je le sais. J'en suis certaine. Mais je… je ne sais pas si Enrique est encore en vie.

« Je reviens te chercher », a-t-il promis. Il n'aurait pas dit ça s'il ne le pensait pas. Quoique ça ne veut pas dire qu'il peut revenir.

*Oh, Dieux…*

Je fais courir mes doigts dans mes cheveux, tirant sur les mèches.

L'eau autour de moi commence à tiédir, tant mon corps dégage de la chaleur. Ou peut-être que ce sont les rayons du soleil qui réchauffent la lagune.

*S'il te plaît, garde-moi au frais,* supplié-je. *Par pitié, ne me laisse pas brûler.*

Mes prières restent sans réponse. Une vague de lave incandescente me grille de la tête aux pieds, mon corps tremble violemment en réaction. Je retiens mes larmes. Mes entrailles brassent une énergie inconnue.

*Dieux...* Ça brûle. Je... je ne peux pas... Je plante mes dents dans ma paume, déterminée à ne pas faire de bruit, mais c'est trop, c'est... c'est *dévorant.*

Et je suis seule. Enrique n'est pas là.

*Il ne reviendra pas,* murmure cette voix diabolique.

— La ferme ! lui crié-je dessus. Tais-toi ! Tais-toi ! Tais-toi !

Le dernier mot sort en un cri de souffrance qui résonne sur les parois de la caverne.

J'empoigne de nouveau mes cheveux, vaguement consciente de ma paume maculée de sang. Je me suis vraiment mordue. *Très fort.* Mais je le sens à peine. Le brasier qui éclate en moi est tellement plus puissant. Si *profond.*

Mes membres tremblent, mon estomac se retourne une fois de plus.

*J'ai besoin.* Mais je ne sais pas trop de quoi j'ai besoin. J'ai *mal,* c'est tout.

Je serre les cuisses, un gémissement s'échappe de mes lèvres. Dieux, c'est chaud entre mes jambes. Ça me picote. Si… si… *mouillé*. Et ça n'a rien à voir avec l'eau de la lagune.

Frissonnante, je glisse ma main vers le bas pour me toucher là où la chaleur est la plus intense. Je gémis à ce contact, mon petit paquet de nerfs pulsant pratiquement sous mes doigts.

Je ne fais jamais cela. On m'a toujours dit de ne pas le faire, que je n'avais pas le droit de me caresser. Mais je ne peux pas m'en empêcher maintenant. J'en ai *besoin*.

*J'ai besoin d'Enrique.* Mon Alpha. Mon… mon *compagnon*.

Sauf qu'il n'est pas mon compagnon. Il ne m'a pas mordue.

Mais oh, je m'en fiche ! Je le veux tout de suite. Ma louve réclame pratiquement sa présence. Elle force mes mâchoires à s'ouvrir, et un hurlement guttural s'échappe de ma gorge.

C'est si fort. Si terrifiant. Si *exigeant*.

*S'il te plaît*, supplié-je Enrique en pensée. *Reviens, s'il te plaît.*

Je pousse un autre hurlement, celui-ci plein de souffrance tandis que je m'affale dans l'eau sur le flanc. J'éclabousse en essayant de remonter à la surface.

Dieux, je suis dans tous mes états.

Je… je ne peux pas… je ne peux pas rester ici.

Je nage et rampe jusqu'au rocher, mes mains moites m'empêchent presque de me hisser. Mais j'y parviens, et hors de l'eau, mon corps brûle aussitôt. Je me roule en boule, chaque parcelle de moi est engloutie par les flammes.

*Enrique… Enrique… Alpha… S'il te plaît…*

Des cris retentissent dans l'air, mêlés de gémissements. Et suivis de *grognements*.

Je me fige. Ces grognements ne proviennent pas d'Enrique. Ils proviennent… d'autres Alphas.

*Oh, Dieux…*

Je les entends venir vers moi. Hurler. *Rôder* aux alentours. Je flaire leur intrigue, leurs traits masculins, leur *domination*.

Je serre les cuisses. *Non, non… je veux… je veux Enrique…*

Mais je peux à peine visualiser son visage maintenant, tous mes instincts exigent d'être satisfaits. Un nœud. *Un Alpha.*

*Non*, murmuré-je. *Non !*

D'autres hurlements. Des grondements intenses. *Des gémissements étouffés.*

Une partie de moi sait que je dois me taire, me cacher. Mais ça fait tellement mal de *bouger*.

*Retourne dans l'eau*, pensé-je étourdiment. *Noie ton odeur.*

Ça fait mal de bouger, de rouler, mais je… je… *Dieux…*

L'eau fraîche m'éclabousse, me faisant m'immobiliser une fois de plus. *Est-ce qu'ils m'entendent ?* me demandé-je en m'immergeant. C'est un sursis temporaire, qui me permet de retrouver la raison pendant que je remonte à la surface.

Cela ne va pas durer longtemps. Je sens que les Alphas viennent me chercher. J'entends leurs hurlements revendicateurs.

*Ils vont me mettre en pièces*, réalisé-je, remontant mes

jambes sur ma poitrine comme tout à l'heure. *Dieux, Enrique... si tu es vivant... s'il te plaît... s'il te plaît, reviens à moi...*

Je ferme les yeux, déterminée à le voir dans mon esprit. Visualiser son visage parfait. Nous n'avons passé que quelques minutes ensemble, mais elles ont suffi.

*Elles doivent être suffisantes.*

Je baisse la tête et je respire, me concentre sur lui et son odeur, tout en écoutant les mâles à l'extérieur.

Ils cherchent. Chassent. Ils ne m'ont pas encore trouvée, mais ce n'est qu'une question de temps.

Je couvre ma bouche de ma main, refusant de crier, refoulant l'envie de hurler. Je dois être forte. Je dois attendre.

*Il vient pour moi,* me dis-je. *Il est... il est vivant... et il vient pour moi. Sois forte... tiens bon... et ne fais pas de bruit.*

# ENRIQUE

Ce doit être l'Oméga qui cause tous ces problèmes, songe Francesca, le nez en l'air. Ça fait longtemps que je n'ai pas senti quelque chose d'aussi doux.

— Qui est-elle ? me demande Xavier, ignorant le commentaire de Francesca.

— *La mienne*, lui dis-je, prêt à le démolir si nécessaire.

Il inspire, les lèvres retroussées en signe de défi.

— Pas tout à fait, Enrique. Tu ne l'as pas encore revendiquée.

J'émets un grondement bas et profond.

— Elle est *à moi*. (Et je le taillerai en pièces s'il le faut.) Maintenant, bouge de là.

Parce qu'il me bloque le passage. Bon sang, ils me bloquent tous le passage. Francesca devant, Xavier d'un côté, Philippe de l'autre.

Je pourrais reculer, mais le couloir s'enfonce dans l'hôtel et je veux *sortir*.

Caja hurle à nouveau, me glaçant le sang. Je fais un pas en avant, mais Francesca me repousse.

— Qui est-ce ? insiste-t-elle.

— La fille de Bautista, répliqué-je. Elle n'a même pas vingt ans. Tu ne la connais pas.

— Et elle t'a choisi ? s'étonne Xavier d'un ton incrédule. Ou c'est Carlos qui t'a choisi pour elle ?

— Il est mort, putain, grondai-je de nouveau. Et oui, elle m'a choisi. Elle m'appelle en ce moment même !

Je la sens dans mon âme, mon loup meurt d'envie de la rejoindre. Pour l'aider. Pour la *protéger*. Dieux, elle est trop loin. *Et ces connards ne veulent pas bouger !*

— Prouve-le, me défie Francesca. Prouve-nous tout ça.

— Comment veux-tu que je fasse ça ?

Et elle ferait mieux de ne pas suggérer que je l'emmène voir Caja. Personne ne s'approchera d'elle à part moi.

Cependant, un autre hurlement me fait craindre que quelqu'un l'ait déjà trouvée. Car ce hurlement ne vient pas de Caja, mais d'un autre loup.

À l'aide d'une grenade, j'ai déclenché un éboulement devant l'entrée de la caverne dans laquelle j'ai laissé Caja la nuit dernière. Les rochers effondrés bloquent le passage vers l'intérieur. J'avais prévu de m'y creuser un chemin à mon retour, ce qu'un autre pourrait faire s'il sait où chercher.

À cette pensée, j'amorce un nouveau pas, mais je suis encore repoussé.

— Appelle le Secteur Andorra, me propose Fran.

Je la regarde bouche bée.

— *Quoi ?* Comment veux-tu que je fasse ça ?

Elle désigne ma montre.

— Avec ça.

Je la lève pour qu'elle la voie.

— Il n'y a pas de connexion.

Elle sourit.

— Ouais, je peux arranger ça. (Elle regarde Xavier.) Allume-le.

— Je n'en ferai rien, Fran.

Elle lève les yeux au ciel.

— Vas-y, X. Si Riq dit la vérité…

Elle laisse la phrase en suspens, et tous deux s'engagent du regard dans une bataille de volonté, pendant que les hurlements augmentent au loin. *Clairement des hurlements de mâles alphas.*

— Je n'ai pas le temps pour ça, bordel, grogné-je en passant devant Francesca – ce qui est plus facile cette fois puisqu'elle s'est tournée vers Xavier.

Sauf qu'elle m'attrape le bras et plante ses griffes dans ma chair.

— Stop, m'intime-t-elle tandis que Philippe me barre le passage.

— Caja a besoin de moi, dis-je avec un calme mortel. J'y vais.

— Passe l'appel, ordonne Xavier dans mon dos.

Je pivote vers lui.

— Pour la dernière fois, je…

Il me chope par le cou et me pousse contre un mur, me bloquant de tout son poids, puis il répète lentement :

— *Passe l'appel.*

Je le repousse, mon loup a hâte de se battre. Mon

poing décrit un arc de cercle vers sa mâchoire juste au moment où mon poignet bourdonne, ce qui fait fléchir ma frappe. Mes jointures le cognent néanmoins, mais pas aussi fort que je le voulais. Je ramène aussitôt ma main pour consulter ma montre.

Xavier vient sur moi, mais Fran l'arrête avant qu'il m'atteigne. Philippe s'avance comme s'il allait remplacer Xavier, mais il se fige quand un écran s'affiche dans l'air devant moi.

— Où diable es-tu ? me lance Ander avant que je place un mot. Ça fait des heures que j'essaie de te joindre.

Et d'une manière ou d'une autre, son appel vient d'aboutir. Sans doute à cause de ce que Xavier a *allumé*.

— Sur l'île au Venin, grommelai-je, quelque peu surpris qu'il ne le sache pas déjà – son jet aurait dû lui transmettre mes coordonnées.

— L'île au Venin ? répète-t-il, incrédule. Qu'est-ce que tu fous sur l'île au Venin, bordel ?

Je lâche un soupir. Mon loup tourne en rond en moi, impatient de rejoindre Caja. Mais je ne peux pas tant que ces connards ne me laissent pas partir. Je vais donc leur donner la *preuve* qu'ils veulent. Et pour cela, je dois répondre à la question d'Ander.

— Hel a eu une sorte de crise magique pendant le vol et a provoqué une tempête bizarre.

Ander me fixe à travers l'écran sans piper mot.

— Les Omégas ont pris les capsules de sauvetage, ajouté-je. Je ne sais pas où elles sont, à part Caja.

— Caja est avec toi ?

— Elle est… (J'hésite.) Elle est sur l'île.

Il fronce les sourcils.

— Je n'aime pas la façon dont ça sonne, Enrique.

— Moi non plus, crois-moi, grogné-je, grimaçant en l'entendant hurler au loin. Tu peux tracer les capsules de sauvetage pour voir où elles ont atterri ?

Il crispe sa mâchoire.

— Non. Tout a viré au noir quand tu as pénétré dans le Secteur des Exilés. Je ne sais pas si c'est la tempête que tu as mentionnée ou si ça a quelque chose à voir avec les barrières de l'île, mais on vous a perdus de vue depuis quelques heures.

— Merde, soufflé-je, mon cœur battant la chamade.

Je comptais sur la technologie sophistiquée d'Ander pour sauver les autres. Mais s'il ne peut même pas les suivre à la trace…

— De plus, nous n'avons juridiction que sur l'île au Venin, poursuit-il. Donc si elles ont atterri ailleurs, ce qui semble être le cas, il nous faudra une aide extérieure. Mais sans coordonnées…

— Tu n'as aucune idée de par où commencer, intervient Xavier qui s'avance à mes côtés, essuyant du dos de la main le sang de sa lèvre éclatée.

Les yeux d'Ander s'écarquillent tandis qu'il le reconnaît.

— Xavier ?

L'Alpha en question relève le menton.

— Ça fait longtemps, Cain.

— Sans déconner. Qu'est-ce qui se passe ?

— Un sacré bordel, lui répond Xavier.

Ander l'étudie en fronçant les sourcils.

— Tout a l'air d'être un peu rude là-bas, Xavier.

Celui-ci sourit, et effleure sa blessure de sa langue avant de répondre :

— Enrique auditionnait juste pour un poste dans la hiérarchie de l'île u Venin.

— Je ne veux aucun poste, grogné-je.

— Dommage, Riq, tu as un sacré punch, murmure Francesca, qui vient aux côtés de Xavier. Je crois que tu as ta preuve, X. Laisse Riq rejoindre son Oméga.

Xavier plisse les paupières.

— On n'a pas fini de causer.

Un chœur de hurlements ponctue sa déclaration, me faisant serrer les dents.

— Je m'en fous que tu aies fini ou pas, lançai-je à Xavier. (J'ôte ma montre et la lui tends.) Discutez aussi longtemps que vous le souhaitez. J'ai une Oméga à retrouver.

— Enrique, m'appelle Ander alors que je fais le forcing pour récupérer mes sacs. Elias est en route.

— Bien, opiné-je. J'ai hâte de le voir.

*En supposant que je survive à ce qui m'attend devant la grotte de Caja.*

— Comment va-t-il franchir la barrière ? demande Xavier.

J'écoute à peine Ander prononcer à mi-voix :

— Je crois que toi et moi avons beaucoup de choses à nous dire, Xavier.

— Je le crois aussi, répond-il. À commencer par les Omégas que tu as soi-disant sauvées, parce que j'ai un tas d'Alphas sur cette île dont les compagnes ont disparu.

Je m'éloigne tandis qu'Ander hoche la tête. Francesca m'emboîte le pas.

— Je pars avec Riq, déclare-t-elle. On se retrouve à la base dans une heure, X.

— Je n'ai pas envie que tu viennes avec moi.

— Oh si, tu le souhaites, me rétorque-t-elle. Parce que ces hurlements, ce sont ceux des voyous. Et tu vas avoir besoin d'aide pour les éliminer.

Je me mets à courir sitôt franchi le seuil.

— Je me suis très bien débrouillé la nuit dernière.

— Ouais, avec les bâtards de l'équipe de nuit, dit-elle. Ces idiots ont peur de leurs ombres. Les voyous, par contre, ont toute leur tête. Ils sont sauvages. Mortels. Et très difficiles à tuer.

Je lui lance un regard.

— Et je suis censé croire que tu vas m'aider ?

Elle hausse les épaules.

— Quel autre choix as-tu ?

— Peut-être que je te jetterai dans ce trou avec les *bâtards*, dis-je.

— Essaie et je t'y jette direct avec moi, Riq, sourit-elle.

Je secoue la tête et je pars en sprintant vers l'endroit où se cache Caja.

Francesca a raison, je n'ai pas d'autre choix que de la laisser me suivre. Mais ce n'est pas pour autant que je vais compter sur son aide. Cela fait bien trop longtemps que je l'ai perdue de vue. Et je ne suis pas assez naïf pour lui faire confiance, quel que soit notre passé.

Mais je suis content que Xavier et Philippe soient

occupés par Ander. Moins j'ai affaire à des Alphas, mieux c'est.

Mes sens s'aiguisent tandis que nous courons, mon loup à l'écoute de Caja. Elle n'a pas crié récemment, son dernier hurlement remonte à dix ou quinze minutes au mieux.

*Trop longtemps*, me dis-je. *Ça fait trop longtemps.*

Je n'aime pas son silence.

Je n'aime pas non plus les hurlements mâles qui s'amplifient à chaque pas. Ils ont certainement trouvé Caja. La question est de savoir s'ils l'ont atteinte.

Un hurlement triomphant résonne sous le soleil, en guise de réponse inquiétante à ma question.

J'accélère, mon pouls battant dans mes oreilles. *Si je n'arrive pas à temps, je vais tailler en pièces tous les habitants de cette putain d'île*, juré-je. *Y compris Xavier, Philippe et Francesca.*

— Il y a une raison pour qu'on ne se transforme pas ? demande Fran sur mes talons.

Je ne réponds pas. Elle la découvrira bien assez tôt.

Je ne ralentis pas jusqu'à ce que nous approchions de la cascade. Elle est à une centaine de mètres devant nous, grouillant de loups hargneux.

Sans réfléchir, je mets un genou à terre et laisse tomber mes sacs.

— Enfin, murmure Francesca, qui arrache sa chemise et commence à défaire son pantalon.

Elle se fige lorsque je sors deux pistolets de mon sac.

— Putain de merde, souffle-t-elle.

— C'est pour ça que je ne me suis pas transformé, lui dis-je.

Et j'ouvre le feu sur les voyous près de la cascade. J'en touche trois en pleine tête avant qu'ils réalisent ce qui se passe. Deux plongent alors l'eau pour se cacher pendant que quatre autres escaladent la falaise à toute allure. Je les élimine tous en quelques secondes, puis je vérifie mes munitions.

Entre les frasques de la nuit dernière et cette nouvelle situation, je suis un peu à court. Il ne me reste plus qu'un seul chargeur dans mon sac. Je l'empoche, attrape deux couteaux et me dirige vers la cascade pour m'occuper des loups restants.

— Pourquoi diable nous as-tu laissés te bloquer si tu avais tout ça sur toi ? siffle Francesca.

— Je ne dirais pas que je vous ai laissés faire quoi que ce soit, grommelé-je. Et vous m'auriez arrêté avant que puisse sortir un flingue du sac. Ça aurait aussi dévoilé mon atout.

Un loup grogne en haut de la cascade, me faisant lever la tête. Je vise, j'appuie sur la détente et je regarde son corps tomber de la falaise.

— Bon sang, j'avais oublié à quel point tu es bon tireur, dit-elle, le souffle un peu court.

— Tu penses toujours que j'avais besoin d'aide ? lui demandé-je tandis que nous rejoignons la cascade et la caverne derrière.

— Et toujours aussi arrogant, remarque-t-elle.

— Pas arrogant, juste déterminé.

Je m'adosse à la paroi près de la chute d'eau, cherchant les voyous de l'autre côté avec tous mes sens. Mais un cri aigu m'arrache à ma quête.

*Mon Oméga.*

Je cours vers le son, la gorge serrée.

*S'ils la touchent… s'ils la nouent… s'ils la revendiquent…* je ne me le pardonnerai jamais.

— Riq ! crie Francesca, mais je suis trop focalisé sur Caja pour l'entendre.

Je cours. Je *sprinte*. Concentré sur un seul objectif. *Un seul objectif en…*

Des dents acérées se resserrent sur mon cou, des griffes m'entraînent à terre, et tout bascule. Un grondement étouffé secoue ma poitrine, ma trachée étant écrasée par une forte mâchoire.

Le pistolet manque de glisser de ma main, mais la mémoire musculaire le remet en place, puis je le pointe et presse la détente.

La bête feule en réaction, relâchant mon cou, et je lui colle aussitôt une autre balle dans la tête. Un second voyou se jette sur moi, et mes mouvements sont lents, mais je parviens à lui tirer une balle dans l'épaule.

Puis une grande louve noire le plaque au sol. *Francesca.* Elle plante ses dents dans sa gorge et la lui arrache d'un seul coup.

L'instant d'après, elle fait de même à un loup gris furieux. Un bond, une seule morsure, et son cou est tordu en un angle bizarre.

*Putain, heureusement que ce n'est pas elle qui m'a surpris,* pensé-je confusément, la gorge encore blessée.

Je ne peux pas respirer.

Et j'entends mon Oméga qui m'appelle. Elle n'est pas loin. Tout près.

— Enrique, dit-elle d'une voix sanglotante. Tu es revenu…

*Bien sûr que je suis revenu,* lui dis-je en pensée. *Tu es à moi.*

J'essaie de la repérer, mais tout ce qui m'entoure n'est que nuances de noir.

*Merde.* Je perds connaissance.

Ce sera temporaire. Je guérirai. J'espère juste… que ce sera… assez rapide.

# CAJA

Un grand loup noir me fixe à travers l'éboulement, la tête penchée sur le côté.

Le loup gris qui dégageait les rochers a disparu. Il y était presque arrivé, le trou qu'il a créé étant plus que suffisant pour que je puisse m'y faufiler.

Mais je ne bouge pas. Parce que ce grand loup noir est toujours en train de m'étudier. Il a une odeur différente des autres. Moins hostile. *Féminin.* Je fronce les sourcils.

Je n'ai jamais rencontré de femelle alpha, mais je suis quasi sûre que cette louve en est une. Elle le confirme en reprenant sa forme humaine. Sa peau est de la même couleur que son pelage de louve.

— Caja ? s'enquiert-elle.

Je déglutis.

— Qui es-tu ? demandé-je d'une voix éraillée.

— Francesca. Une vieille amie d'Enrique.

Je bats des paupières. *Elle connaît Enrique ?*

Je le distingue juste derrière elle, les yeux clos, la

gorge ensanglantée. *Est-ce qu'il va bien ?* m'inquiété-je, puis je gémis, l'estomac serré par l'anxiété.

Tout brûle encore.

La terreur m'a envahie pendant quelques minutes lorsque ce loup gris a presque réussi à passer, m'aidant à recouvrer la raison. Mais elle m'échappe à nouveau.

*Dieux…*

— Enrique, soufflé-je.

Il est mon ancre. Mon Alpha. Mon… mon *choix*. Il a été si gentil avec moi.

*Et il est revenu.* Mais il a perdu conscience.

— Caja, m'appelle Francesca. Tu peux sortir de là ? Il ne faut pas rester ici.

Je cille encore et secoue la tête. Je ne quitterai pas cette lagune. Pas avant qu'Enrique soit… soit… Pas avant qu'il me le dise.

— S'il te plaît ? insiste-t-elle. Enrique va se réveiller d'une minute à l'autre, mais il faudra que tu sois prête à courir. Tu peux te transformer ?

Je secoue de nouveau la tête. Hors de question que je laisse sortir ma louve en ce moment. Pas dans cet état. Pas quand tout est si *chaud.*

À la seconde où je sortirai de l'eau, je serai en feu.

— C'est… bon, entends-je grincer Enrique d'une voix rauque. Fran… ne te fera pas de mal, *tesoro.*

Le surnom qu'il m'a donné me regaillardit et ma louve soupire presque en moi.

— Il sera comme neuf dans une minute, ajoute Francesca. Il a juste commis l'erreur d'oublier comment être un loup.

Enrique émet un bruit étranglé que je pense être un grognement.

Je ne sais pas trop où il a trouvé cette Alpha ni à quel point ils se connaissent. Mais Francesca a l'air de l'apprécier. Un peu trop, même. Ma louve grommelle en moi, sentant une concurrence potentielle. Je n'aime pas ça. Je n'aime pas ça du tout.

— Tu viens de me grogner dessus, petite louve ? remarque Francesca, amusée.

Je plisse les yeux, n'appréciant guère son ton condescendant.

— Tu l'as fait, dit-elle en riant. C'est mignon.

Je gronde. *Ça n'a rien de mignon, putain.*

Elle pouffe encore.

— Calme-toi, petite louve. J'ai une serrure, pas un nœud.

— Je ne crois pas que ce soit pour ça qu'elle grogne, intervient une nouvelle voix à proximité. Tu es une concurrente, donc une menace d'un autre genre.

— Crois-moi, il n'y a pas de concurrence, ricane Francesca. Enrique est carrément amoureux d'elle. Il a traversé la cascade sans même vérifier s'il y avait des menaces potentielles, juste parce qu'il l'a entendue crier. J'étais super impressionnée par ses talents… jusqu'à ce moment-là.

Un visage apparaît dans le trou, celui d'un mâle tout à fait alpha.

— Salut, chérie, me lance-t-il, me faisant reculer d'un sursaut. Ne t'inquiète pas, Oméga. Je suis heureux d'être accouplé. Je suis juste venu pour tous vous emmener.

— C'est X qui t'envoie ? demande Francesca. Je lui ai dit qu'on le retrouverait à la base dans une heure.

L'Alpha hausse les épaules.

— Il a pensé qu'il faudrait peut-être qu'on te ramène.

— Il s'inquiète toujours pour moi, sourit Francesca.

— C'est son boulot, souligne l'homme.

— À ce qu'il dit, réplique-t-elle en se levant. Au fait, Enrique, je te présente Hawk. Il vient du Secteur Cusco. Hawk, la beauté timide là-dedans, c'est Caja.

Je frissonne lorsqu'il me dévisage encore. Ses yeux paraissent changer de couleur à chaque mouvement. Ou peut-être est-ce la lumière fluctuante qui tombe d'en haut.

Un autre tremblement me parcourt tandis que mon estomac se convulse, mes entrailles déclenchant une nouvelle vague de chaleur. Je ravale un gémissement et ferme les yeux. J'entends Hawk grommeler quelque chose, mais ses paroles se perdent dans le rugissement dans mes oreilles.

Mon front tombe sur mes genoux, et je goûte la saveur cuivrée du sang. *Je me suis mordu la lèvre.* Pourtant, je n'éprouve aucune douleur. Tout ce que je ressens, c'est le brasier qui grandit en moi. Le… l'intense *besoin* qui me ronge de l'intérieur.

— Caja.

La domination d'Enrique m'enveloppe comme une chaude caresse, et sa voix autoritaire exige mon attention. Je me penche vers lui, ouvrant les yeux pour trouver les siens. Sauf qu'il est derrière ce tas de rocaille.

— Rampe vers moi, *pequeño tesoro*, ronronne-t-il. Rampe vers moi et je te donnerai ce que tu veux.

Ma louve gémit. Il nous taquine. Il nous fait mériter son affection. *Méchant Alpha.*

Mais un grognement de sa part me donne envie d'obéir.

Dieux, je suis encore en feu. J'ai besoin de lui. Je le veux. J'ai *envie* de lui.

Je ramperai partout où il l'exigera, pourvu qu'il me touche.

J'ai dû le dire à voix haute car il me répond :

— Montre-moi, Caja. Montre-moi comme tu es bonne.

Ses paroles m'inspirent l'envie de lui plaire. De le *gagner.* Il veut que je lui montre à quel point je peux être bonne ? Oh, je vais lui montrer. Faire en sorte qu'il me désire autant que je le désire. Lui faire perdre la tête comme je perds la mienne.

La roche mord mes paumes quand je me hisse hors de l'eau, mais je le sens à peine. Mes genoux suivent, le sol leur raclant la peau. Mais ce sur quoi je me concentre, c'est le regard de plus en plus sombre d'Enrique. Il m'observe comme un prédateur scrute sa proie. Comme s'il voulait me dévorer. Je frémis, j'aime la façon dont il me fixe. Son loup est très présent. Je le vois tapi dans ses yeux, me considérant avec un indéniable intérêt.

*Compagnon,* semble haleter mon animal interne. *Compagnon idéal.*

Francesca dit quelque chose, l'interruption malvenue

de sa voix féminine me fait grogner. Je jurerais qu'elle rit encore.

Enrique ne lui prête aucune attention. Son regard est focalisé sur moi seule. Je fais la belle, contente de sa sollicitude, et me fraye un chemin à travers la petite ouverture dans les rochers pour le rejoindre.

Il grogne quand j'y parviens, me saisit aussitôt par les hanches et me hisse contre lui.

— Tu es tellement belle, Caja, me dit-il. Et toute à moi, putain.

Mon corps frissonne en réponse à sa revendication vocale. Mais j'ai besoin de plus. Tellement plus.

— Tu ne peux pas la nouer ici, intervient cette femelle.

Ça me donne envie de lui arracher les yeux. Elle n'a rien à faire dans cette discussion. N'a rien à voir avec tout ça. C'est *mon* Alpha, pas le sien, et je le démontre en plantant mes dents dans son cou.

Je ne réalise que tardivement qu'il est couvert de sang. *Son* sang. Car sa gorge…

*Oh, Dieux.* Je me rappelle avoir vu ce loup l'attaquer tout à l'heure. Je n'ai pas pu distinguer grand-chose à travers le petit trou, mais l'essence d'Enrique couvre son cou et sa chemise.

Les larmes me montent aux yeux.

Il a été blessé. Et maintenant, je l'ai *mordu*. *Qu'est-ce qui ne va pas chez moi ?* me demandé-je, frissonnant contre lui.

—Je… Je…

Une douleur me traverse le bas-ventre avant que je puisse formuler les excuses que je voulais exprimer. Un gémissement m'échappe, qu'Enrique fait taire en posant sa bouche sur la mienne.

*Il m'embrasse*, m'émerveillé-je. *Oh, lunes, il m'*embrasse.

Et pour la première fois depuis ce qui me semble être une éternité, je peux respirer.

J'enroule mes bras autour de son cou et m'agrippe à lui tandis qu'il explore ma bouche avec sa langue.

Il grogne. Ronronne. *Vibre*. Très mâle Alpha. Tout à moi.

Ses bras puissants m'entourent, me serrent contre lui tandis que ces vibrations nous font trembler tous les deux.

Mais c'est sa bouche qui me captive vraiment. Sa langue. Ses lèvres. Ses dents. Il m'embrasse jusqu'au fond de mon âme. Dieux, je n'ai jamais rien vécu de tel. Je n'ai même jamais su que c'était quelque chose que je désirais.

J'ai déjà vu des Alphas embrasser des Omégas, mais pas de cette façon. Enrique est tendre. Généreux. *Sensuel*. Les Alphas de mon passé *prenaient*. Cet Alpha *donne*.

Ces autres Omégas avaient toujours l'air sans vie quand mon Alpha les embrassait, comme si elles étaient des poupées et non des louves. Mais cet Alpha − *Enrique* − me fait me sentir vivante. Animale. *Sauvage*.

J'en veux plus. Je *le* veux. Je le lui dis en serrant mes jambes autour de ses hanches.

Je ne sais pas du tout quand il m'a soulevée ni comment je me retrouve enroulée autour de lui, mais je m'en fiche. Tout ce qui compte, c'est son contact. Sa bouche. *Sa langue habile.*

Son ronronnement s'intensifie tandis qu'il éloigne ses

lèvres des miennes pour déposer une série de baisers sur ma joue jusqu'à mon oreille.

— Tu es une si bonne fille, murmure-t-il. Tiens bon encore un peu, d'accord ?

Je cille, ne sachant trop ce qu'il veut dire. Puis mes yeux s'écarquillent devant le changement de décor.

Nous ne sommes plus dans la caverne.

Les vibrations que j'ai ressenties… elles doivent provenir du fait qu'il m'a transportée hors de la grotte. Car nous sommes dehors et la cascade n'est plus en vue.

*Comment ?*

Déglutissant, j'essaie de comprendre où nous sommes et ce que nous faisons.

— À quelle distance se trouve la base ? s'enquiert-il, sa bouche toujours près de mon oreille.

Je fronce les sourcils. *Quelle base ?*

— Quinze minutes, répond un homme − *Hawk*, m'informe ma mémoire.

— Tu devras la marquer avant notre arrivée, ajoute la femelle, me faisant gronder intérieurement. Sinon, tu vas déclencher une émeute parmi les Alphas non accouplés. Nous avons beau être majoritairement civilisés de notre côté de l'île, ton Oméga est un déclencheur de chaos en ce moment.

Un grondement roule dans ma poitrine. *Je vais te montrer comme je suis chaotique*, pensé-je, prête à défier la femelle. Car comment ose-t-elle parler à mon mâle ? Mon Alpha. *Mon compagnon.*

— Chut. (Enrique me fait taire en posant un baiser sur mon pouls emballé.) Tu es la seule que je veux, *tesoro*.

Je me frotte contre lui, du coup ses mains se resserrent sur mes hanches.

— Continue à faire ça et je vais te nouer à l'arrière de cette voiture, me prévient-il.

*Voiture ?* Mes yeux ont encore dû se fermer. Je les rouvre sur le véhicule mastoc à côté de nous. C'est un 4×4 comme mes frères en conduisaient à la campagne. Rien qu'à le voir, j'en ai froid dans le dos.

Mais ce froid est vite remplacé par la chaleur quand Enrique monte à l'arrière tout en me tenant contre lui, m'entourant le bas du dos de son bras.

*Tant de force*, m'émerveillé-je, soupirant intérieurement. *Un Alpha idéal.*

Il m'assoit sur ses genoux et relâche sa prise. Je gémis à cette perte de contact, puis m'appuie fermement sur sa paume qu'il pose sur ma joue.

— J'ai envie de te mordre, Caja.

Aucun mot n'est nécessaire. Aucune forme d'acceptation que je pourrais prononcer. J'incline simplement mon cou et m'offre entièrement à lui.

Je suis à lui. Je l'ai été dès qu'il m'a sortie de cette cage. Ma louve connaissait son compagnon. Moi aussi je l'ai reconnu. Et maintenant… maintenant, il va accepter ce lien. Le confirmer. *Le solidifier.*

Le véhicule rugit, mais je l'ignore, toute à cet Alpha sous moi.

— Dieux, je n'arrive pas à croire que tu vas être à moi, dit-il, une pointe d'émerveillement dans la voix. Je ne te mérite pas, *pequeño tesoro*, mais je vais passer le reste de notre existence à m'assurer que je suis assez bien pour toi.

Il se penche en avant, pose sa bouche sur mon cou. Puis il descend jusqu'à mes seins, faisant durcir mes mamelons d'impatience.

*Oui,* pensé-je. *Oh oui…*

Tout est si sensible.

Je veux sa bouche sur moi. Son nœud en moi. Ses dents…

Je crie quand il mord juste au-dessus de l'aréole de mon sein droit. Sa revendication est brûlante et écrasante et tellement *incroyable*. Mon sang bourdonne en réaction, ma louve soupire devant la plénitude qui envahit mon âme. *Revendiquée. Possédée. Protégée.*

Cet Alpha est à nous. Cet Alpha nous a choisies. Cet Alpha me désire.

Je sens son nœud qui palpite sous la fermeture éclair de son jean, son corps est prêt à prendre le mien. Cette idée me terrifie et m'excite en même temps.

J'ai vu des Alphas en rut. Je sais à quel point ils peuvent être dangereux. Mais je fais confiance à celui-ci pour ne pas me faire de mal.

Sa bouche trouve la mienne, le goût de mon sang persiste sur sa langue. Je le lèche, puis je l'embrasse avec ardeur. Je ne sais pas si je m'y prends bien, mais je m'en moque. Il *est à moi*. Il m'apprendra s'il estime que je dois apprendre. Il fera de moi la sienne dans tous les sens du terme.

Sa paume quitte ma joue et se plaque sur ma nuque alors qu'il approfondit notre baiser. Je me presse plus fort contre lui, j'ai besoin de plus. Je l'*exige*. Son autre main se balade entre nous, me faisant frissonner de cet étrange mélange de peur et d'excitation.

Mais au lieu d'enlever son jean, il fourre sa main entre mes cuisses.

Je sursaute quand son doigt entre en moi, la sensation est si étrange et pourtant si *bonne* que je ne peux réfréner mon gémissement.

Quelqu'un jure derrière moi. Je l'ignore, trop concentrée sur mon Alpha pour me soucier de quoi que ce soit d'autre.

Mon faisceau de nerfs sensibles palpite contre sa paume, ce qui me fait pousser un cri. Ce n'est pas assez. Pourtant, c'est trop, trop *bon*.

— Putain, *tesoro*, souffle Enrique contre ma bouche. Tu me tues.

Je ne sais pas trop ce qu'il veut dire, et il ne me laisse pas l'occasion de demander parce qu'il m'embrasse encore, sa poigne sur ma nuque étant dure et exigeante.

Je me cambre à son attouchement entre mes jambes, désirant plus. Le désirant lui. Désirant la *félicité*.

C'est instinctif, mon corps a l'air de savoir comment bouger tandis que ma louve canalise mes désirs. Je ne comprends pas bien ce que je cherche, ce dont mon animal a tant envie. Mais je bouge. Je suis la sensation. Je la sens monter.

Dieux, quoi que ce soit, c'est intense. C'est juste là. Tout près.

Enrique doit le sentir aussi, car ses mouvements changent, un deuxième doigt se glisse en moi pour rejoindre le premier.

Je halète, son doigté me donne l'impression d'être *remplie*, quoique pas assez.

Il mord doucement ma lèvre inférieure, puis apaise

la douleur à coups de langue avant de tracer un chemin de baisers vers mon oreille.

— Je vais te nouer pendant des jours dès que nous serons seuls, me dit-il. Je vais te remplir de ma semence. Te prendre de toutes les façons possibles.

Dieux, ça ressemble à la fois à une menace et à une promesse.

Je sais de quoi il parle : il va m'accoupler. Je sais, pour avoir observé les autres, que ça va faire mal. Mais pour l'instant, je m'en fiche. Je veux qu'il me prenne, comme il dit. Je veux qu'il soit en moi. Qu'il me remplisse complètement.

Un gémissement m'échappe, et la femele à l'avant dit quelque chose. Je ne la comprends pas, mais Enrique grommelle en réponse. Puis il couvre ma bouche de sa paume.

— Concentre-toi sur moi, *tesoro*, murmure-t-il. Concentre-toi sur mes doigts. Ma bouche. Mes *dents*.

Je ne sais pas trop ce qu'il veut dire jusqu'à ce qu'il mordille mon pouls.

Puis il mord plus fort, me revendique encore, et mon monde s'écroule. Il *explose.* Se brise. Je me tords et crie sur ses genoux, mais sa main étouffe ma voix.

Mon corps entier brûle et tremble, la sensation euphorique déchire tout mon être.

*Un orgasme*, réalisé-je. *Ma première fois…*

Je croyais avoir connu la félicité quand je me suis enfin caressée dans l'eau, mais ça… c'est tellement plus. C'est de la folie. De l'extase à l'état pur.

Je reste frémissante sur Enrique, mon corps

réclamant davantage. Davantage de quoi, je ne sais pas. De lui. Son nœud. *Sa semence.*

Dieux, tout cela m'est inconnu et pourtant incroyablement intime.

Je veux l'accoupler. Je veux qu'il m'éduque. Qu'il me *prenne.*

— S'il te plaît, le supplié-je, poussant contre sa paume.

— Bientôt, promet-il, ses doigts me travaillant avec frénésie une nouvelle fois.

Il en a ajouté un autre. Je ne sais pas depuis quand, mais je le sens qui m'étire, me complète, me *nargue.*

Je prends feu de nouveau, et j'arque mon dos tandis qu'il maintient fermement sa main sur ma bouche. C'est exaspérant. C'est extatique. C'est *aveuglant.*

Tout est sombre. Puis lumineux. Puis sombre encore.

Je me sens molle. Comblée bien que toujours très nerveuse. C'est la combinaison la plus bizarre qui soit.

Puis nous commençons à bouger.

*Est-ce que je me suis évanouie ?* m'étonné-je, confuse, ouvrant les yeux une fois de plus. Nous sommes de nouveau dehors. Puis à l'intérieur. Entourés de structures métalliques. *Un bâtiment.*

Et soudain, dans une boîte en acier qui monte en vrombissant, ce qui me serre l'estomac.

Une voix masculine explique quelque chose à propos de codes. Enrique marmonne une réponse, ses mots sont flous dans ma tête.

*Suis-je en train de mourir ?* me demandé-je, battant des cils. *Droguée ?*

Non. Ce sont mes chaleurs. Je… je ne peux pas vraiment me concentrer.

Je sais qu'Enrique me porte. Je le sens. Je le flaire. Je le *reconnais*.

Mais il y a tellement d'odeurs étrangères qui m'emplissent le nez à présent. Du linge. De la nourriture. *Du café ?*

Un nuage m'engloutit soudain, et Enrique est au-dessus de moi, ses yeux noirs m'évoquant une nuit sans étoiles.

— Toujours avec moi, *tesoro* ? s'enquiert-il, ce qui me fait esquisser un sourire.

— J'aime bien ce nom, lui dis-je d'un ton vaseux, ma voix semblant lointaine à mes oreilles.

Il me sourit en retour.

— Je l'aime bien aussi. C'est tout à fait approprié. Parce que tu es vraiment un trésor, Caja. *Mon* trésor. Et je vais adorer chaque parcelle de toi.

# ENRIQUE

Caja a l'air d'une déesse sur le lit, ses cheveux noirs étalés sur les draps de satin.

Quand Xavier a parlé d'une base, j'ai imaginé un lieu ceint de clôtures grillagées et un bâtiment délabré. Je n'aurais pas pu me tromper davantage. Cet endroit ressemble plutôt au Secteur Andorra avec son parement métallique et ses fenêtres en verre. Il y a même un dôme au-dessus.

— Ça permet de garder les voyous et les écervelés dehors, a expliqué Francesca quand nous sommes entrés il y a dix minutes. Et ça climatise l'intérieur.

— Comment ? ai-je demandé, ce mot englobant une foule de questions : comment est-ce possible ? Comment contrôlez-vous le climat ? Comment avez-vous un dôme ? Comment faites-vous pour posséder toutes ces fournitures ?

— Les dragons ne sont pas seulement d'excellents commerçants, mais ils sont aussi exceptionnellement débrouillards, a-t-elle répondu. Et les divers hôtels nous ont aussi fourni beaucoup de matériaux utiles.

Je n'ai pas eu le temps d'obtenir des éclaircissements, mais j'ai bien l'intention de reposer des questions plus tard. Après avoir aidé mon Oméga.

Elle s'est évanouie après une série d'orgasmes intenses, sa tête tombant sur mon épaule. Je l'ai transportée dans un immeuble – Francesca m'a expliqué qu'il servait d'habitude à héberger leurs visiteurs dragons métamorphes – et maintenant j'ai Caja juste là où je veux qu'elle soit.

Nue. En manque. Et étalée sur le lit.

Ses lèvres gonflées s'écartent tandis que j'embrasse sa mâchoire, puis je descends le long de sa gorge jusqu'à ses seins. Je nettoie la marque que j'ai faite sur son sein droit, mon loup ronronnant de plaisir en moi.

*Ma femelle. Mon Oméga. À moi.*

Tout s'est passé très vite et pourtant, j'ai l'impression que cela fait plus d'un siècle que je m'y prépare. J'ai été seul pendant si longtemps, satisfaisant mes besoins par des étreintes vides de sens avec des femelles alphas et une poignée d'Omégas consentantes.

Tout cela semble appartenir à un passé lointain maintenant. Caja est mon présent. Mon avenir. Ma *vie*.

Je n'arrive pas à croire qu'elle est à moi, que cette belle créature me désire autant que je la désire. Je ne suis vraiment pas digne de sa reconnaissance. Mais je vais m'assurer de répondre à ses attentes, comme je le lui ai dit.

Et je commencerai par la faire jouir à nouveau avec ma langue.

Elle gémit quand j'aspire son mamelon dans ma bouche et arque son corps sur le lit. Je la repousse contre le matelas en m'installant entre ses cuisses, mes coudes appuyés de part et d'autre de son abdomen, tout en continuant à sucer ses seins.

Elle entrelace ses doigts dans mes cheveux, et ses gémissements font vibrer ma bouche. Des mots inintelligibles sortent de ses lèvres pulpeuses, ses souffles excitent ma bête intérieure.

*C'est ce que j'ai fait. Je l'ai fait haleter. Maintenant, je vais la faire crier pour de bon.*

Je l'avais réduite au silence parce que nous approchions de la base. Mais Francesca a pris soin de me dire que les chambres sont insonorisées et sécurisées. J'ai tapé le code à la porte afin de m'assurer que personne ne puisse entrer sans permission. Et c'est une bonne chose, car si quelqu'un nous dérangeait maintenant, je le tuerais.

Je ne me soucie même pas de savoir si nous sommes des invités ici.

Mon Oméga a besoin de mon nœud, et je vais le lui donner, putain. *Sans ménagement.* Sans retenue. Encore et encore.

Elle frissonne et resserre sa prise dans mes cheveux quand je passe à l'autre sein.

Lorsque je mordille sa petite pointe raide, elle glapit puis gémit, son corps vibrant de *désir*. Alors je recommence, cette fois assez fort pour faire couler le sang. Parce que je veux la marquer partout. M'assurer que ma revendication est bien claire.

C'est un besoin masculin. Un désir sauvage. Mais je l'accepte.

Elle halète pratiquement sous moi, ma petite louve apprécie ma version du plaisir et de la douleur. Chaque fois que je la mordille, elle sursaute. Puis elle gémit quand je la lèche. Crie quand je la suce. Supplie d'en avoir plus quand je recommence.

Lorsque j'atteins le doux apex entre ses cuisses, elle se met à marmonner des supplications gorgées de désir. Je lèche sa délicieuse fente, glisse ma langue entre ses plis lisses, goûte chaque centimètre de sa chatte trempée.

C'est un sacré paradis. Je le lui dis, mon loup très présent dans ma voix lorsque je prononce chaque mot.

— Je vais te lécher pendant des heures, l'avertis-je. Te manger pendant des *jours*.

Car je n'en aurai jamais assez.

— Tu as tellement bon goût, Caja.

Si l'innocence avait une saveur, ce serait celle-ci. Toute en vanille et en crème, avec une touche de fumée résiduelle. Le type de fumée inspiré par des chaleurs.

— Dieux, *tesoro*, gémis-je contre son clito. On dirait que tu es faite pour moi.

Peut-être qu'elle l'est. Et peut-être que je suis fait pour elle. Je ne sais pas et je m'en fous.

J'aspire son paquet de nerfs dans ma bouche et souris lorsqu'elle éclate à nouveau, son pauvre petit corps si bien préparé qu'il n'en faut plus guère pour la transformer en une pagaille de cris et halètements orgasmiques.

— Putain, c'est tellement bon, Caja, lui dis-je en guise d'éloge. Tu es trop bonne.

Et je veux la récompenser pour cela. C'est pourquoi je continue à la lécher. La sucer. La grignoter. L'amener au bord du gouffre encore et encore pendant que mes doigts opèrent leur magie en elle. L'étirent. S'assurent qu'elle pourra me prendre.

Car je ne veux pas que ça lui fasse mal. Je veux qu'elle se sente bien. Qu'elle prenne mon nœud avec un plaisir sans fin.

Lorsque je suis satisfait de son état de béatitude, l'extase qui se propage dans ses veines la rend pratiquement inconsciente. Toutefois, ses yeux s'animent lorsque je rampe sur elle en ôtant ma chemise.

Elle tend la main vers moi, mais je la repousse.

— Tu pourras me toucher après que je t'ai nouée, lui dis-je. Sinon, je vais exploser dans ta main, et ça ne marchera pour aucun de nous.

Je suis presque aussi excité qu'elle, ma bite est si dure que je dois faire attention de ne pas me blesser en défaisant mon pantalon.

Il est couvert de sang, tout comme moi. Mais Caja n'a pas l'air de s'en apercevoir ou de s'en soucier. Alors je m'en fiche aussi.

Je veux juste être en elle. L'accoupler. La *baiser*.

Elle gémit lorsque je quitte le lit pour finir de me débarrasser de mes vêtements. Je grogne en réponse, ce qui la rend encore plus mouillée entre ses jambes, tout en lui rappelant que c'est moi qui commande. Je suis son Alpha. Et en tant qu'Alpha, je prendrai soin d'elle.

Lorsque je m'agenouille à nouveau sur le lit, elle me regarde avec des yeux couleur d'obsidienne. Je vois sa louve. Je vois Caja. Je vois *tout*.

Et en retour, elle me voit. Ma belle longueur. Mon nœud palpitant. Mes muscles contractés. Elle me détaille entièrement, puis se lèche les lèvres et écarte les jambes en signe d'invitation.

Je sais que c'est sa première fois, ses premières chaleurs, mais mon *tesoro* a un don inné au lit. Elle sait exactement comment me séduire.

Ou peut-être que c'est juste elle. Mon petit trésor.

— Dieux, j'ai hâte d'être en toi, lui dis-je en rampant sur son corps offert. Ça va faire mal, *tesoro*, mais juste un instant. Puis je te ferai sentir si bien que tu en oublieras ton nom.

Elle me fixe, son regard plein de confiance me donne l'impression que mon cœur va exploser.

Cette femelle a pleinement accepté notre accouplement, se fiant entièrement à sa louve pour la guider. Et c'est quelque chose de si attachant que je ne peux m'empêcher de faire une pause pour admirer sa force intérieure.

Je presse mes lèvres sur les siennes, la félicitant d'un baiser silencieux.

*Très bien, mi tesoro*, lui dis-je en pensée. *Tu es sacrément douée.*

Elle ne peut pas m'entendre ; nos liens ne fonctionnent pas de cette façon. Mais je sais qu'elle perçoit mes émotions, qu'elle sent la fierté qui monte en moi chaque fois que je la regarde. Mon admiration. Ma *dévotion*.

Et je sens qu'elle me renvoie chaque émotion.

Elle me fait confiance. Elle a confiance en *ça*. Et c'est

un cadeau des plus précieux, dont je ne peux m'empêcher de la remercier avec ma langue.

Elle plante ses ongles dans mes épaules pendant que je l'embrasse plus fort. Puis elle se fige quand ma bite vient toucher sa vulve. Je n'imagine pas à quel point je me trouve grand pour elle, mon gland bulbeux faisant presque la taille de son poing.

Mais son corps est fait pour ça. *Pour moi.*

— Ça va aller, lui dis-je en me pressant contre sa fente serrée. Tiens bon, *tesoro*. Accroche-toi à moi et crie.

Ses griffes font couler le sang quand je pousse en avant, la forçant à me prendre. Je pourrais y aller doucement, mais cela prolongerait la souffrance. Comme ça, elle va accepter la brûlure d'un seul coup, sentir ma taille à mesure que je m'enfonce en elle.

Elle libère sa douleur contre ma bouche, son cri déchirant me fait m'immobiliser en elle, et je lui laisse quelques instants pour respirer.

Je ne suis pas encore entré complètement, mais je n'en suis pas loin.

Des larmes noient ses jolis yeux, ses joues rougissent sous l'effort.

— Chut, lui intimai-je, mes lèvres effleurant les siennes. C'est bon. Tu vas bien.

Le gémissement qu'elle émet en réponse me serre le cœur.

— Je suis désolé, *tesoro*, murmuré-je. Je sais que ça fait mal.

Elle tremble et presse fort ses paupières. Mais en même temps, elle resserre son canal autour de moi.

Elle se fige. Puis elle recommence, son vagin

m'enserrant comme un étau et tirant presque un grognement de ma poitrine.

Parce que, putain, c'est trop bon.

Elle est déjà tellement serrée que je lutte pour ne pas exploser.

Mais à présent, elle masse mon gland avec ses muscles internes, me rapprochant encore plus du point de bascule.

Je baisse la main pour masser mon nœud, ma base étant loin de son entrée puisque je ne suis pas encore complètement en elle. Sentir ma main me fait tendre mes muscles, mais elle me permet de conjurer la chaleur qui monte dans mes veines.

Ça fait foutrement longtemps que je n'ai pas connu la douce chaleur d'une Oméga.

Et c'est la première fois que j'embrasse *ma compagne*.

Je suis en train de bouillir à l'intérieur, prêt à exploser rien qu'à cette idée.

Cette sensation ne fait que croître alors qu'elle se presse intimement autour de moi, son petit corps torturant le mien.

— *Caja*, gémis-je, posant mon front sur son cou. Dieux, dis-moi que je peux bouger. S'il te plaît, dis-moi de bouger.

Parce que j'ai envie de la baiser. De lui montrer tout ce que son corps peut supporter. De nous plonger tous les deux dans un état extatique.

Elle soulève ses hanches, me prenant davantage en elle. Mon poing effleure son clito, ce qui la fait sursauter. Puis elle soulève de nouveau son bas-ventre et gémit quand ma main entre encore en contact avec son bourgeon sensible.

Je lâche mon nœud, pose mon pouce sur son petit paquet de nerfs et la caresse tandis qu'elle accueille encore plus de moi dans le doux paradis entre ses cuisses.

— Putain, tu es si bonne, la félicité-je. Sacrément bonne, Caja.

Je ne vais plus pouvoir me contrôler très longtemps. Parce qu'elle va me tuer, là.

Son petit corps commence à bouger pour de bon, glissant de haut en bas sur ma hampe, me prenant aussi profond qu'elle le peut depuis sa position sous moi.

Lorsqu'elle commence à gémir, je pousse un peu plus en avant et je grogne en sentant les lèvres de sa chatte embrasser le sommet de mon nœud.

— *Tesoro*, dis-moi de bouger. Dis-moi de bouger, putain !

Elle agrippe mes épaules encore plus fort et enroule ses jambes autour de mes hanches.

— Prends-moi, Alpha, prononce-t-elle d'une voix claire.

Ses yeux sont encore plus limpides. Parce que ma Caja est toujours là. Elle n'est pas encore complètement perdue dans ses chaleurs. Pas encore. Mais elle le sera dès que mon nœud s'enfoncera en elle.

Gardant mon pouce sur son clito, j'empoigne sa hanche de l'autre main. Puis je l'incline selon l'angle voulu.

— Ça va être dur et rapide, *tesoro*. Mais je te promets que je me ferai pardonner.

Sans lui laisser le temps de répondre, je force le reste de ma longueur dans sa douce petite chatte.

Elle se cambre et gémit, ses cuisses se crispent autour de moi.

Puis elle crie lorsque je commence à vraiment bouger. À la pilonner sur le matelas. À la revendiquer avec mon corps et à m'assurer qu'elle sait exactement qui la baise.

Mon nom s'exhale de ses jolies lèvres, puis je la fais taire avec ma langue et je domine sa bouche.

*À moi. À moi. À moi.*

Chaque centimètre de moi s'approprie chaque centimètre d'elle, tout comme son âme possède mon cœur et mon esprit.

Je lui appartiens. Et maintenant, elle va m'appartenir. Chaque cri. Chaque frisson orgasmique. Chaque gémissement. Je veux tout. Je la veux.

Et je le lui montre avec mes hanches, ma bite, ma langue.

Elle halète, pleure, grogne et *griffe*.

Je vais être un putain de foutoir, et je m'en fiche. Parce que je serai son foutoir et qu'elle sera le mien.

Mes couilles se resserrent, mon nœud menace d'éclater.

C'est trop bon. *Tellement bien, putain.*

Personne ne m'a jamais rendu aussi étourdi de désir, aussi épris d'un seul regard.

Caja est une déesse. Ma déesse. Et je vais me prosterner devant son autel jusqu'à la fin de mes jours.

J'enfouis mon visage dans son cou et serre les dents autour de son pouls, la marquant *encore*. La mordant *encore.* Je m'assure qu'elle sait — que *tout le monde* sait — qu'elle est à moi.

Cette femme. Cette Oméga. *Cette sacrée belle louve.*

Elle a le souffle coupé quand mon nœud jaillit hors de moi. Son corps se fige contre le mien, puis bascule dans une crise de convulsions paradisiaques tandis que nous nous écroulons tous deux à l'unisson.

La chaleur explose à travers moi. Sur moi. *En* moi.

Des ondulations de plaisir. Des tremblements d'une sensation intense. Une union définie par notre passion commune.

C'est tellement bon, putain. C'est tellement incroyable. Et ça ne *s'arrête pas*.

Je gronde, mes muscles se tendent alors que ma semence continue de gicler dans son utérus. Il existe des moyens d'empêcher la grossesse parmi notre espèce, mais je n'ai accès à aucun de ces outils pour l'instant. Et je n'en veux pas non plus.

Parce que je veux qu'elle porte notre enfant. Je veux cet avenir. Je *la* veux. Et quand je me retire pour regarder mon Oméga, je vois qu'elle le veut aussi.

Ma Caja est toujours là, clignant des yeux dans son état euphorique.

— Tu es à moi, lui dis-je d'un ton bourru. Ma compagne. Mon Oméga. *À moi.*

Elle soupire, et ses épaules semblent perdre un poids que je n'avais même pas réalisé qu'elle portait.

— Merci, souffle-t-elle, les paupières tombantes, tandis qu'elle se love contre moi. Merci, Enrique.

J'effleure ses lèvres des miennes.

— Non, *tesoro.* C'est moi qui te remercie.

Parce que c'est elle le trésor ici. Le cadeau. Celle qui mérite ma gratitude, et non l'inverse.

Mais alors qu'elle rouvre les yeux, je réalise que ma Caja n'est plus avec moi.

Elle a entièrement succombé à ses chaleurs, est devenue une Oméga en manque.

Mon loup ronronne en moi, satisfait. Car il sait exactement ce que nous allons faire maintenant. Nous allons faire plaisir à notre petite compagne jusqu'à ce qu'aucun de nous deux ne puisse plus marcher. Puis nous recommencerons, encore et encore, jusqu'à ce que ses chaleurs s'apaisent.

*Et une fois de plus… quand ma Caja se réveillera enfin…*

# CAJA

Le nœud de mon Alpha palpite, me remplissant de sa semence. Me revendiquant. Me marquant au fer rouge. Me *rassasiant*.

J'enfouis mon visage dans son cou tandis qu'il nous fait rouler sur le côté, sa poitrine contre mon dos. Tout en nous gardant collés l'un à l'autre en dessous.

Je suis remplie, sa bite dure est connectée à mes entrailles. Je resserre mes parois intérieures autour de lui, à coups de spasmes sous l'effet de mon orgasme permanent.

Car ça continue. Encore. Et *encore*.

Je me mets à gémir. Ou du moins j'essaie. J'ai la gorge enrouée à force de crier. *Tellement crier.*

Chut, m'intime-t-il. J'ai besoin de quelques minutes encore, *tesoro*.

Je frissonne, ce surnom me fait quelque chose à chaque fois qu'il le murmure.

Sa main glisse de ma hanche à mon monticule, ses doigts caressent doucement mon clito et me font basculer dans une autre spirale cataclysmique. Il m'embrasse dans le cou et me tient pendant que je me tortille, sa queue nous unissant toujours.

Dieux, j'ai l'impression qu'il est en moi depuis *des jours*. Et c'est probablement le cas. Je n'ai aucune notion du temps. Juste la chaleur. Le sexe. Le *sperme*.

Ohhh, j'adore quand il jouit. C'est comme s'il me possédait à l'intérieur et à l'extérieur.

Il plante ses dents dans ma peau tendre, pas assez fort pour faire couler le sang, mais suffisamment pour que je me sente possédée. Revendiquée. Totalement dominée. Et en *sécurité*. Car cet Alpha me protège. Il prend soin de moi. Il me tient dans ses bras. *Il me baise.*

Sa langue trace un chemin humide jusqu'à mon oreille, dont il mordille le lobe en soufflant :

— *À moi.*

Je frissonne, car j'adore ce mot.

— À toi, acquiescé-je. À toi, à toi, à toi.

— Mmmh, fredonne-t-il. Tu es une si bonne fille, ma douce petite Oméga. Veux-tu une récompense ?

Je suis pratiquement pantelante, prête à ce qu'il me prenne de nouveau malgré son nœud qui demeure en moi.

— Oui, sifflé-je en me cambrant contre lui. S'il te plaît, Alpha. Encore.

Son doigt effleure à nouveau mon clito, me faisant partir en vrille à ce seul contact. C'est comme si j'étais un paquet de nerfs, complètement consumé par le plaisir qu'il est le seul à pouvoir accorder à mon corps.

Il gémit lorsque je me resserre autour de lui, et un juron lui échappe tandis qu'il enfouit de nouveau sa tête dans mon cou, serrant ses muscles contre mon dos.

— *Putain*, Caja, grogne-t-il. Tu me redonnes déjà envie de te baiser, alors que je suis encore en toi depuis notre dernier round.

Je me trémousse contre lui, toute à sa suggestion. Mais il m'arrête en posant la main sur mon entrejambe et en pressant sa paume sur mon bouton sensible.

Cette fois, je ne m'effondre pas. Pourtant, j'en suis proche. *Si, si proche…*

— Non, gronde-t-il, me retenant alors que son nœud commence à me libérer.

Je lui réponds par un grognement, n'appréciant pas son refus.

— Caja. (Il mordille mon pouls emballé.) Tu dois manger.

*Argh.* La dernière chose dont j'ai envie en ce moment, c'est de *manger*.

—Je veux juste ton nœud.

— Tu l'auras après avoir mangé quelques fruits, décide-t-il, sa queue glissant hors de moi.

Je gémis à cette perte, mes entrailles brûlent déjà en réaction à ce vide.

J'ai besoin de plus. J'ai besoin de lui. J'ai besoin du nœud de mon Alpha.

— Manger, répète-t-il. Ça fait trois jours qu'on baise, Caja. Tu as besoin d'énergie. Et d'eau.

Il s'éloigne de moi, me laissant faire la tête sur le lit. Et mater son derrière.

*Il a un très joli cul,* me dis-je, détaillant son corps nu. *Très sexy.*

Il jette un coup d'œil par-dessus son épaule.

— Je crois que c'est la première fois que je t'entends dire un gros mot, *tesoro*.

Je fronce les sourcils. J'ai dû prononcer tout cela à voix haute.

Oh, bon. Ça n'en reste pas moins vrai.

— Et je te trouve sexy aussi, ajoute-t-il en m'adressant un clin d'œil, avant de s'éclipser de mon champ de vision.

Je commence à ramper après lui, mais je m'arrête au bord du lit et je fronce les sourcils en considérant les draps. Ils sont… froissés.

Non, ce n'est pas vraiment ça. Ils ne sont tout simplement pas au bon endroit.

Je passe ma main dessus pour les lisser, mais cela n'arrange rien. Roulant hors du matelas, je défais les draps et j'essaie de retaper le lit.

Un grognement m'échappe, voyant que cela ne règle pas le problème non plus.

*C'est exaspérant*, pensé-je, en colère contre la literie. *Pourquoi es-tu si chiffonnée ?*

J'enlève tout et le dépose par terre, puis je recommence. Je suis en train de lisser les bords quand je sens mon Alpha entrer dans la chambre.

Mon animal intérieur vibre d'excitation, prêt à ce que notre Alpha se jette sur moi. Mais je lève une main, car je dois d'abord régler ce problème. On ne peut pas s'amuser dans une telle pagaille. C'est… c'est… Rien n'est bien.

Un autre grognement m'échappe tandis que je m'agenouille sur le matelas et me remets à tirer sur les couvertures, essayant vainement d'arranger les bords froissés.

Mon Alpha ne dit rien, mais il ose s'approcher de cette catastrophe. Je pivote vers lui en grondant – et je vois qu'il apporte une parure de lit.

Je cligne des yeux dessus, puis tends la main et promène mes doigts sur le tissu soyeux. Je fais la moue.

— Non.

C'est trop… quelque chose. Je n'aime pas ça.

Il acquiesce et me laisse à ma tâche, qui est sans espoir parce que ces draps sont…

— Et ça ? demande-t-il alors que je suis en train de réarranger le lit.

Je me tourne lentement vers lui, ne sachant trop ce qu'il tient. Mais quand je vois le drap noir, mon cœur manque un battement. Il me rappelle ses yeux.

Je m'approche et caresse doucement le tissu. Il n'est pas aussi soyeux que la parure précédente, mais il est doux. Aérien. Cotonneux. Avec un subtil parfum boisé qui me rappelle mon Alpha.

*A-t-il fait exprès de le frotter contre sa poitrine ? Son cou ? Son aine ? Contre tout ça ?*

Si je pouvais ronronner, je le ferais. Parce que oui. Absolument. J'aime ceux-là.

Mon alpha marmonne son approbation lorsque j'accepte son offre. Je me délecte de ce son pendant que j'enlève la mauvaise literie et que je la remplace par cet ensemble agréable.

Les bords… sont parfaits. Pas de plis. Pas de bosses malvenues. C'est… paradisiaque. Mais il manque encore quelque chose.

En me tapotant le menton, je fouille la pièce du regard et vais chercher quelques oreillers. Certains conviennent, d'autres non.

Mon Alpha m'en apporte de nouveaux à tester. J'en sélectionne deux autres que j'ajoute à la tête de lit, puis je grimpe dans mon nid et j'y dispose les draps restants en les ébouriffant.

Ravie, je soupire et me détends dans la literie.

Sauf qu'une pointe de douleur dans le bas-ventre me fait me rouler en boule.

— Il faut que tu manges, me rappelle mon Alpha.

*Non. J'ai besoin d'un nœud*, pensé-je en grognant.

— À manger, Caja, dit-il en me tendant quelque chose d'écœurant, une espèce de baie.

Je fronce le nez dessus, mais il plaque sa main sur ma nuque. Je lui gronde après. Il gronde en retour, me provoquant des fourmis dans les cuisses.

— Si tu manges, je te récompenserai, me promet-il de sa voix soyeuse.

Ma louve se fige à cette perspective, ce qui me fait ouvrir la bouche. Il dépose le fruit sur ma langue et je l'avale sans mâcher. Il doit s'en apercevoir car il grogne.

Je m'en fiche. J'attrape son sexe dur, mais il repousse ma main.

— Il faut que tu manges plus d'une fraise, Caja, insiste-t-il.

Je fais la moue. Malgré tout, j'ouvre de nouveau la bouche et j'avale lorsqu'il porte d'autres aliments à mes lèvres. Il prend de petites bouchées, sans doute parce que je ne me sers pas de mes dents. C'est peut-être irritant, mais tout ce que je veux, c'est le lécher. Le mordiller. *Le sucer.*

Mon regard redescend vers son impressionnante longueur et le soupçon de liquide séminal sur le gland. Je me penche en avant par réflexe et prends l'offrande entre mes lèvres, ce qui me vaut un gémissement de la part de mon Alpha. Sa main est toujours posée sur ma nuque, mais il ne m'écarte pas, il me laisse le goûter.

— Dieux, tu es addictive, me dit-il.

Puis sa tête tombe en arrière quand je l'engloutis dans ma bouche. Il m'a appris ce qu'il aimait, comment faire tourner ma langue et quand me servir de mes dents. J'aime lui faire ça, le regarder perdre le contrôle, amadouer sa bête pour qu'elle joue.

— Putain, *tesoro*, gémit-il, resserrant sa poigne. Je veux te prendre le cul aujourd'hui et revendiquer chaque centimètre de toi. Mais je dois te préparer.

Je frissonne, je ne sais pas trop ce que ça veut dire, mais j'aime l'idée qu'il me revendique. Me marque. Me fasse sienne.

Il est aussi à moi. Je le lui rappelle en lâchant sa queue et en me penchant pour frotter mon nez contre son nœud avant de le mordre doucement. *Mon Alpha.*

Il gronde. Je fais de même.

Et soudain, je suis à califourchon sur son visage tandis que sa main me guide à nouveau vers sa queue.

— Continue à me donner du plaisir, exige-t-il. Mais ne me fais pas jouir.

Ça sonne comme un défi. J'aime les défis. Surtout ceux à caractère sexuel émanant de mon Alpha.

Je le reprends avec empressement dans ma bouche,

ma langue faisant ce qu'il aime le long du dessous de sa hampe. Mais il ne jure pas comme il le fait d'habitude. À la place, il scelle ses lèvres autour de mon clito et *gronde*.

Mes jambes tremblent alors qu'une nouvelle vague d'humidité − de *miel* − mouille mes cuisses et son visage.

Il gémit, me lape et glisse ses doigts dans mon excitation. Mais il ne me pénètre pas. Non... Il amène l'essence lubrifiante entre mes fesses et me doigte *ici*. Je sursaute, réalisant ce qu'il voulait dire à propos de revendiquer chaque centimètre de moi.

Il a l'intention de... de... de *me nouer ici*. Sauf que je ne peux pas prendre un nœud de cette façon, n'est-ce pas ?

Il appuie sa main sur ma nuque, me rappelant muettement que j'ai un job à faire − un job que j'ai raté parce que son autre main me distrait en bas. Ainsi que sa bouche. *Dieux, sa bouche...*

— Caja, dit-il sur un ton d'avertissement. Suce ma bite, *tesoro*.

Sa demande suscite une nouvelle vague de désir qui chauffe mes entrailles et mes cuisses. Il me lèche à fond, puis gronde encore contre mon clito. Ça me fait crier, la sensation est si incroyable que j'ai du mal à tenir en équilibre sur mes genoux au-dessus de son visage.

Sa bite palpite contre ma joue, me rappelant ses propres désirs grandissants. Je la prends à nouveau dans ma bouche et la suce aussi fort que je le peux, mais je m'étouffe lorsqu'il pousse ma tête vers le bas pour en avaler davantage.

Son liquide séminal nargue mes sens, forçant ma

gorge à déglutir autour de sa hampe tandis que j'essaie d'en prendre chaque once en moi.

Tout cela pendant qu'il fait entrer et sortir ses doigts dans ma chatte.

*Est-ce qu'il en met trois maintenant ? Quatre ?*

Dieux, je perds la notion du temps. De l'espace. Des sensations. Tout ce que je peux faire, c'est le sentir. Le sucer. Le goûter. Savourer son doigté.

Il mordille mon nœud sensible, me plongeant dans l'extase sans crier gare et me faisant hurler autour de sa bite. Puis je hurle dans l'air.

Et soudain, mes cris sont étouffés par un oreiller et mon Alpha est derrière moi, son érection appuyant sur ma croupe levée tandis que sa main sur ma nuque me maintient la tête en bas.

*Oh, Dieux… Oh, Dieux…*

Je le sens qui m'étire. Ça fait mal. Ça brûle. Mais c'est… c'est… différent.

Je grimace lorsqu'il pénètre en moi, me forçant à accepter chaque centimètre, comme il l'a dit. Puis je gémis quand sa main vient chatouiller mon bouton sensible. Je suis déjà en train de jouir à nouveau, mon corps est tellement en demande et prêt pour lui que c'est comme si j'étais complètement sous son commandement.

Ce qui est certainement le cas. Je suis à lui. Possédée. Revendiquée sans équivoque.

Mon cœur bat la chamade, mes jambes tremblent. Mais il me retient contre lui en empaumant mon sexe, son pouce tournant sur mon clito encore et encore.

Je pleure de jouir si fort. Je pleure de ne pas avoir

son nœud. Je pleure à cause de la pression écrasante qui monte derrière moi.

Tout cela pendant qu'il pousse. Me pénètre. Me prend à fond. Et je ne voudrais pas qu'il en soit autrement. Mon Alpha me soigne. Me protège. Me donne du plaisir.

— Dieux, tu es incroyable, me dit-il, ses louanges m'enveloppant d'un nuage de félicité. Tu m'acceptes si bien, *tesoro*. Et tu es si belle comme ça, avec ma queue dans ton cul, ton corps en sueur et secoué par notre baise.

Il s'enfonce d'un mouvement brusque qui me fait rebondir sous lui, mes lèvres s'écartent sur un cri juste au moment où il me fait basculer de nouveau d'un seul coup.

Je ne sais pas comment il fait. Il est magique. Ou peut-être que nous sommes magiques ensemble. Je m'en fiche. Je veux juste… je veux juste *voler*.

Et c'est ce que je fais. Je vole haut. Je plane. Je vis une existence euphorique. Une existence où je jouis encore et encore pendant qu'il me revendique brutalement par-derrière.

Jusqu'à ce qu'il me rejoigne à son tour, sa semence réchauffant mes entrailles.

Mais je ne sens pas son nœud. Non, il… il le tient… il le masse. La main qui était sur ma chatte a bougé à un moment donné pour qu'il puisse retenir son nœud.

Je geins, mécontente. Mais il me fait taire au milieu d'un grognement et continue à jouir. Et à jouir. Et à jouir. Jusqu'à ce que je sois tellement remplie que j'ai l'impression que je vais éclater.

Un gémissement m'échappe à cause de l'inconfort, et il se retire enfin, puis me prend dans ses bras, des louanges et de la gratitude plein la bouche :

— Tu es parfaite, Caja. Sacrément parfaite. Je n'ai jamais connu personne qui me prenne aussi bien. Je jure que tu es faite pour moi. Créée pour que je t'aime et te chérisse. Et je le ferai, *tesoro*. Je le ferai jusqu'à mon dernier souffle.

Mes yeux baignés de larmes brouillent ma vision alors que j'essaie de le fixer, et un autre gémissement m'échappe.

Parce que j'ai besoin de son nœud, et il ne me l'a pas donné.

Il a promis de me récompenser. J'ai été bonne, n'est-ce pas ? Je… je pense avoir fait ce qu'il voulait. J'ai mangé la nourriture. J'ai… J'ai…

— Chut, me chuchote-t-il encore. Je te tiens, *tesoro*. J'ai juste besoin de nous rincer, puis je te nouerai contre le mur.

Je ne comprends pas ce qu'il dit. Je suis trop désemparée. Trop perdue. Trop *en manque*. Tout cela m'est tellement étranger. Mes chaleurs. Mes… mes ardeurs. Je ne sais même plus qui je suis.

— Tu es à moi, Caja, murmure-t-il à mon oreille. Et je prends soin de ce qui est à moi.

Je remarque à peine ses mains qui se baladent sur moi, mon esprit étant égaré dans un nuage de détresse.

Il ne m'a pas nouée.

Je nous ai fait un nid. Un beau nid.

Et il ne m'a pas nouée.

J'ai été bonne.

Mais il ne m'a pas n…

Je reprends vie en sentant sa bite entrer en moi, et mes jambes se resserrent aussitôt autour de ses hanches. Je ne sais même pas quand il m'a ramassée, ni pourquoi je suis toute trempée, ni quand tout cela s'est produit. Mais soudain, je suis chez moi. Soudain, tout va bien à nouveau.

Je suis rassasiée. Il est ici.

Il m'embrasse, exigeant que je réponde avec ma langue. Me caresse. Et me pénètre brutalement contre le mur.

Je gémis, mes bras autour de son cou. Et je m'abandonne entièrement à lui. Son toucher. Sa bouche. Sa cadence rapide. C'est la perfection. Exactement ce que je veux. Ce dont j'ai *besoin*.

Il mord ma lèvre inférieure jusqu'au sang. J'en fais autant, et transforme notre étreinte en une sanglante bataille de volonté.

C'est tellement brutal. Tellement bestial. Tellement intense.

Et puis son nœud jaillit de sa tige, se jette en moi et nous lie une fois de plus pour l'éternité.

Je ne crie pas… je meurs. Ou du moins, j'en ai l'impression.

Parce que le monde entier est noir, et que j'existe simplement dans un état d'extase.

Je suis le plaisir. Et le plaisir, c'est moi.

Jusqu'à ce qu'un moment plus tard, je sois enveloppée dans une serviette moelleuse et ramenée dans mon nid. *Notre nid.*

Pour la première fois de mon existence... j'ai un havre de paix. Et un Alpha qui se soucie de moi.

Il me prend dans ses bras en fredonnant un air doux, tout en me coiffant.

— Je ne sais pas qui t'a envoyé à moi, Caja, mais je vais remercier le destin chaque jour pour ce cadeau. Pour toi. (Il m'embrasse sur le front.) Maintenant, dors, *tesoro*. Je t'ai mené la vie dure, et tu as besoin de te reposer. Je te nouerai à nouveau quand tu te réveilleras.

# ENRIQUE

Je passe mes doigts dans les cheveux humides de Caja, en la regardant dormir.

Elle n'a pas l'air d'aimer les oreillers. À la place, elle repose sur ma poitrine, ce qui me convient parfaitement. Si cela ne tenait qu'à moi, j'aurais une main sur elle pour le restant de notre vie.

J'adore la peloter. La caresser. Ne serait-ce que la *sentir*.

Je ronronne pour elle, lui disant avec mon corps à quel point je suis content de notre accouplement.

Ça fait une semaine qu'on fait l'amour sans cesse. Oh, je l'ai fait manger. Mais la seule façon de satisfaire vraiment mon Oméga affamée, ça a été avec mon sperme.

Dans sa gorge. Dans sa chatte. Dans son cul.

*Dieux*, je bande encore rien que d'y penser.

J'ai pris son petit corps de toutes les façons imaginables, et je veux recommencer.

Mais elle refait peu à peu surface, son œstrus se calme. Je l'ai remarqué hier soir quand elle est tombée dans un profond sommeil après avoir sucé ma queue comme si c'était son dessert préféré.

Elle a appris tellement de choses en si peu de temps. Lui prêter un talent inné est un peu cliché – c'est une Oméga : bien sûr que c'est inné chez elle – mais c'est vraiment une excellente élève.

Je fais glisser mes doigts jusqu'à sa nuque, puis masse les muscles tendus qui s'y trouvent.

Elle en a bavé cette semaine. Elle a été si bonne pour moi. Sans nul doute, le destin l'a créée juste pour que je la trouve. Et à point nommé, en plus.

Je ferme les yeux et je me force à évacuer toute pensée de Carlos de mon esprit. Je ne veux pas ruminer *ce qui se serait passé*. Ça n'a pas d'importance. Elle est ici avec moi. Elle est à moi. Et nous sommes en sécurité.

Ce dernier point m'est apparu clairement la première fois que le téléphone a sonné pour me demander de quelles provisions j'avais besoin pour Caja et moi. Cela s'ajoutait au fait que la suite était complètement garnie à notre arrivée, comme si les gardiens de l'immeuble savaient que nous allions arriver d'un moment à l'autre.

C'était peut-être le cas.

Je ne suis pas encore sorti parler à Xavier ou Francesca. Mais j'ai entendu l'arrivée d'Elias il y a six jours. Et comme je n'ai pas perçu le bruit d'un jet qui décolle, je suppose qu'il est toujours là, attendant de me rencontrer.

Je me suis concentré sur Caja uniquement. Mais aujourd'hui, il va falloir que ça change. Au moins pendant quelques minutes, le temps de voir les autres. Si Caja se sent d'attaque, je l'emmènerai avec moi. Mais je comprendrai qu'elle ait besoin de se reposer.

Elle crée une vie en elle, une vie que je peux déjà sentir maintenant.

*Un chiot*, m'émerveillé-je.

Je n'avais jamais envisagé l'idée d'une famille jusqu'à présent, ayant toujours craint d'apporter accidentellement une vie oméga dans le Secteur Bariloche.

En tant qu'Alpha, je ne peux me reproduire qu'avec une Oméga. Et en tant que couple Alpha-Oméga, nous ne pouvons engendrer que l'un des deux types de progéniture, alpha ou oméga.

Le premier aurait causé beaucoup de travail dans le Secteur Bariloche, surtout parce que j'aurais dû enseigner à l'Alpha comment jouer à un jeu que je n'appréciais pas en vérité.

Et le dernier… le dernier aurait exigé que moi et ma compagne *fuyions*. Parce qu'en aucun cas je n'aurais permis à Carlos de toucher à ma progéniture oméga.

Heureusement, ce n'est plus un souci. Je peux embrasser cette vie, embrasser Caja, *nous* embrasser.

J'esquisse un sourire.

— Une famille, dis-je à haute voix. Nous avons fondé une famille, Caja.

Elle murmure en réponse, au bord de la conscience.

Je passe mon pouce le long de sa nuque, puis je reprends mon massage des muscles. Elle va avoir mal partout durant les prochains jours. Mais j'aurai plaisir à embrasser chaque bleu, à effacer toutes les blessures et à la supplier de me pardonner avec ma bouche contre son clitoris.

*Mmmh, peut-être que je vais la réveiller de cette façon*, me dis-je, l'écartant doucement de ma poitrine et la faisant rouler sur le lit. Elle a commencé à y faire son nid la nuit dernière, poussée par son instinct maternel, une partie d'elle enregistrant qu'elle allait devenir mère.

Je me demande si elle a déjà eu un nid. Un vrai nid. Étant donné ses hésitations la nuit dernière, je soupçonne que non.

*Ce nid la satisfera-t-il ou aura-t-elle envie d'autre chose ?*

Je lui demanderai quand elle sera complètement réveillée.

Pour cela, j'embrasse son cou, puis je descends jusqu'à ses jolis seins. Elle gémit quand je lèche ses mamelons, puis siffle quand j'embrasse la marque sur son sein droit. Elle est pratiquement haletante lorsque j'atteins son nombril, puis s'anime sur un cri lorsque je prends son clito gonflé entre mes dents et que je le mordille.

Une main sur son ventre, je la plaque sur le lit et j'aspire son clito dans ma bouche pour le faire rouler avec ma langue.

Elle crie mon nom, confirmant qu'elle est enfin sortie de son œstrus.

Puis elle grogne quand je colle ma langue sur son

bouton maltraité. Une vague de miel s'écoule d'elle, me disant qu'elle est plus que prête pour une autre séance.

Mais cette fois-ci, je veux faire preuve de délicatesse. D'amour. De *tendresse*.

Une façon de la remercier pour tout ce qu'elle m'a donné. Pour être ma compagne. Pour être *mienne*.

Je remonte le long de son corps, déposant des baisers en chemin, et j'installe ma bite contre sa vulve trempée.

— Bonjour, *tesoro*, lui ronronné-je en m'inclinant pour faire face à son entrée.

Elle hoquète quand je la remplis d'une seule poussée, et ses jambes encerclent aussitôt mes hanches.

— Comment tu te sens ? demandé-je d'un ton désinvolte, tout en pompant en elle.

— Pleine, râle-t-elle.

— Hmm. (J'attrape une bouteille d'eau sur la table de nuit et j'appuie la paille sur ses lèvres.) Bois.

Elle bredouille à la place, et un gémissement s'échappe de sa gorge tandis que je continue à aller et venir.

— Bois, *tesoro*, lui répété-je, glissant lentement ma bite hors d'elle avant de l'y replonger.

Elle émet un son étouffé, que j'apprécie beaucoup parce qu'il me rappelle la première fois qu'elle m'a sucé. Elle était un peu trop vigoureuse à ce moment-là, mais c'était vraiment phénoménal.

Caja boit longuement tandis que je me retire doucement une fois de plus, puis se cambre lorsque je la pénètre progressivement.

— *Enrique*.

— Caja, murmuré-je, frottant mon nez contre le sien

une fois que je me suis enfoncé jusqu'à la garde en elle. Tu es si foutrement bonne, *mi tesoro*.

J'enfouis ma tête dans son cou et elle laisse tomber la bouteille à côté du lit. Je nettoierai plus tard. Pour l'instant, il s'agit d'elle. De nous. De *ça*.

— Embrasse-moi, chuchote-t-elle – une demande que je ne refuserai jamais.

Je m'empare de ses lèvres tout en continuant mes mouvements lents et mesurés en bas. Elle essaie de me brusquer en plantant ses talons dans mon cul, mais j'ignore sa demande silencieuse et je l'adore plutôt avec ma bouche et ma langue.

Caja me griffe les épaules, colle son corps contre le mien. Je gronde en réponse, lui rappelant que c'est moi qui commande.

Elle aura bientôt mon nœud. Mais pas encore. Pas avant d'avoir fini de chérir sa belle bouche. De caresser chaque centimètre de son corps. De la faire brûler autant que lorsqu'elle était en chaleur.

Elle gémit quand je pose mes mains sur ses flancs, halète lorsque j'empaume ses seins, et sursaute lorsque je caresse la marque que j'y ai laissée.

J'adore ça.

Je suis presque sûr que je l'aime.

Le temps n'a pas d'importance.

Elle est ma compagne maintenant. Mon tout. Et je lui ai donné mon cœur.

Cette femelle m'a ouvert un nouveau sens de la vie, me permettant de devenir un Alpha que je n'aurais jamais cru pouvoir être. *Un Alpha accouplé*. Et elle va aussi faire de moi un père.

Elle mérite chaque once de mon adoration, chaque instant de mon existence. Je le démontre avec mes lèvres, en lui disant sans mots que je suis reconnaissant pour elle, et que je fais le vœu de l'aimer pour toujours.

Elle est tout pour moi. Mon Oméga. Ma seule compagne.

Je vivrai et respirerai pour elle. Mourrai pour elle. La protégerai. Ferai tout ce qu'elle veut. Parce que c'est mon but maintenant – la servir.

— Enrique, souffle-t-elle, me suppliant de vive voix de la baiser plus fort, l'exigeant avec ses petits ongles dans mes épaules et ses talons sur mon cul.

Je glousse, j'adore ce tourment. Je l'adore.

— À moi de te taquiner, *tesoro*.

— *S'il te plaît.*

— Mmmh… (J'aime beaucoup ce mot dans sa bouche. Elle l'a souvent prononcé au cours de la semaine dernière.) À quel point veux-tu mon nœud, Caja ?

Elle serre son vagin autour de moi en guise de démonstration, me faisant glousser de nouveau.

— À ce point, hmm ?

Son petit grondement m'atteint direct aux couilles.

— Je voulais y aller doucement, lui dis-je. Te montrer avec mon corps combien tu comptes pour moi.

— Je ne veux pas y aller doucement.

— Je le vois bien, murmuré-je en effleurant son nez du mien. Mais tu as mal partout.

— Je m'en fiche.

Elle cogne ses hanches contre les miennes alors que

je la pénètre lentement, et me force à la remplir plus vite que je l'aurais voulu.

Dieux, c'est la sensation la plus chaude au monde.

— Très bien, *tesoro*. (Je nous fais rouler pour être sur le dos et elle sur moi.) Fais-toi plaisir.

Ses yeux s'écarquillent. Nous n'avons pas encore essayé cette position. Je l'ai prise par derrière plusieurs fois. En mode missionnaire. Contre un mur dans la douche. Penchés sur le lit. Mais pas avec elle sur le dessus. Pas comme ça.

— Chevauche-moi, Caja.

Elle plaque ses mains sur ma poitrine pour se redresser. Puis elle commence à bouger.

Et putain, si ce n'est pas la vue la plus sexy que j'ai jamais eue, ses seins rebondissant à chaque mouvement, son corps *prenant, prenant, prenant*. Je regarde ma bite disparaître et réapparaître à chaque rebond de ses hanches, son petit corps étant à peine capable de me prendre dans cette position. Ses genoux frôlent le matelas au lieu de s'y appuyer, elle est trop menue pour que cela ait l'impact qu'elle désire vraiment. Je discerne cette tension sur ses traits, sa frustration face à son incapacité à me chevaucher efficacement.

Je la laisse essayer quelques minutes de plus, m'adonnant égoïstement à sa contemplation. Puis je la retourne encore et pousse en avant jusqu'à ce qu'elle crie et se torde sous moi. Elle va avoir de nouveaux bleus sur les hanches, mais ses réactions me disent qu'elle s'en moque. Alors je continue. Je la fore à fond. Je la mène à cet endroit dont je sais qu'elle est accro après une semaine de baise.

Elle hurle mon nom encore et encore, ses ongles griffent mon dos tandis que je la laboure, la fais basculer dans le précipice du plaisir induit par la douleur, et la force à rester là avec mon nœud.

Son corps convulse avec le mien, mon bulbe fixé en elle nous maintient ensemble dans cette existence orgasmique. Son visage est mouillé de larmes, mais ses lèvres sourient de ravissement.

Je prends sa joue en coupe et l'embrasse, la tenant contre moi pendant que ma semence la remplit complètement.

Mon nœud semble ne pas vouloir lâcher prise, mais il finit par mollir, et c'est à ce moment-là que sa béatitude commence à s'estomper, laissant place à la douleur.

Elle grimace, puis tremble alors qu'un autre séisme euphorique secoue son corps.

Je presse mes lèvres sur les siennes une nouvelle fois, l'embrassant tout du long, jusqu'à ce qu'elle pleure en silence sous moi.

— Je suis désolé, *tesoro*, murmuré-je. Je sais que ça fait mal.

Elle secoue la tête.

— Ce n'est pas ça.

Je fronce les sourcils.

— Alors pourquoi tu pleures ?

— Parce que je le peux, répond-elle. Parce que je suis enfin assez en sécurité… pour pleurer.

Je la serre contre moi, ses mots me brisent le cœur et ses sanglots me serrent l'estomac. Mon pauvre petit trésor, si fort depuis si longtemps… Je ne peux même pas imaginer la souffrance qu'elle a gardée cachée en elle. Mais je vais passer l'éternité à arranger les choses. Lui montrer comment un vrai Alpha traite son Oméga. La vénérer. La chérir. *L'aimer.*

— Tu es à moi maintenant, murmuré-je. (Ma main posée derrière sa tête, je la berce contre moi.) Personne ne te fera plus jamais de mal, petit trésor. Personne.

# CAJA

Je me sens à vif. Exposée. Vulnérable. Malmenée.

Et tellement satisfaite que j'ai du mal à avoir les idées claires.

C'est... c'est une combinaison exotique de sensations, qui me fait me cramponner à Enrique pendant des heures. Même maintenant, j'agrippe sa main comme si c'était une bouée de sauvetage. Et je suppose que c'est le cas. Nous sommes dans un pays étranger, rempli d'odeurs bizarres et de visages inconnus.

Plusieurs de ces visages se tournent vers nous quand nous sortons du bâtiment. Enrique a la tête haute, sa puissance d'Alpha bien en évidence. J'essaie de feindre une assurance similaire à ses côtés, mais je compte plutôt sur ma capacité à masquer mes émotions.

Sauf qu'avec Enrique, je n'ai pas l'impression de devoir les cacher. Il a brisé une sorte de mur en moi, me libérant dans le monde pour la première fois. Me donnant goût à la vie. Me faisant embrasser mon existence. Et juste… *ressentir.*

Il me serre la main, et je lève les yeux sur lui.

— Tout va bien, Caja. Personne ne te touchera.

— Je sais, lui dis-je avec franchise.

Parce qu'il me protégera, j'en suis certaine. Je ressens son besoin de me garder, son désir de me calmer, sa promesse de ne jamais me quitter. Toutes ces émotions tourbillonnent dans notre lien comme un baiser à mes sens.

Tout comme je suis sûre qu'il peut capter mon malaise. Mon inquiétude vis-à-vis de notre environnement. Ma foi en lui pour me protéger.

Il est mon point d'ancrage maintenant. Mon Alpha. Mon *compagnon.*

Un fort coup de sifflet retentit, tandis qu'un visage familier apparaît parmi la foule devant nous : *Elias.*

Je cille de surprise, je ne m'attendais pas à le voir ici.

— On dirait que tu n'attendais que de la nouer, dit Elias en guise de salut. Bon boulot, *Riq.*

— Tu as une étrange obsession pour mon nœud, *Lias*, grogne Enrique.

Elias le considère un instant.

— Non, ça ne marche pas. Je vais m'en tenir à Enrique.

— Alors je m'en tiendrai à Elias.

— Bien, acquiesce-t-il. En tout cas, je suis content de voir que vous avez enfin refait surface tous les deux. Ça a été une sacrée longue semaine, et ma compagne m'attend à la maison.

Enrique baisse le menton en signe de compréhension, et sa main serre la mienne.

— Je ne crois pas que je pourrais survivre aussi longtemps loin de Caja.

Je souris intérieurement. Car je ne crois pas non plus que je survivrais aussi longtemps sans lui.

— Je serais rentré plus tôt si j'avais réalisé la longueur du cycle, reprend Elias en se frottant la nuque. Mais au moins, j'ai appris beaucoup de choses depuis que je suis ici. Il semble que Xavier ait préparé ses Alphas à attaquer le Secteur Bariloche, afin de sauver leurs Omégas. Mais nous…

— Vous avez pris les devants, le coupe d'une voix dominante un grand Alpha aux traits intimidants qui se fraye un chemin à travers la foule. Il ne nous reste plus qu'à trouver comment ramener ces Omégas chez elles.

— Nous y travaillons, opine Elias. Ce sera une réintroduction lente. Quelques Alphas vont revenir avec nous dans le Secteur Andorra pour lancer ce processus.

— Tu veux dire avec *toi*, corrige Xavier. Enrique a encore un choix à faire.

Enrique fronce les sourcils.

— Quel choix ?

— Xavier ici présent s'est mis en tête que tu allais rester ici en tant que son second, explique Elias en croisant les bras sur sa large poitrine. Je lui ai dit qu'il était hors de question que tu fasses ça alors que tu peux avoir accès à mes armes dans le Secteur Andorra. Mais il insiste pour te laisser le choix.

Le froncement de sourcils d'Enrique s'accentue tandis qu'il se tourne vers Xavier.

— Ton second ?

Le grand homme hausse les épaules.

— C'est un poste vacant, pour lequel je pense que tu es bien placé.

— Et Fran et Philippe ?

Il ricane.

— Ils insistent pour être les exécuteurs de ma meute, et aucun d'eux n'est intéressé par le leadership.

— Et tu supposes que je le suis ?

— D'après ce que j'ai vu, oui. C'est inné chez toi.

Enrique se contente de le fixer.

— Tu n'as quasiment rien vu de moi. Je viens juste d'arriver.

— Ouais, et tu contestes déjà mes décisions et mes choix. Alors… (Il agite la main.) De toute évidence, tu es fait pour ce poste.

— Remettre en question ta décision de me donner un travail sans vraiment me connaître ne me qualifie pas pour ce travail, Xavier, argumente Enrique.

— Tu m'as frappé, rétorque-t-il en s'avançant vers nous. Et tu as refusé de te soumettre.

— Parce que je voulais rejoindre mon Oméga, grince Enrique. Et tu étais sur mon chemin.

Xavier désigne son corps massif.

— La plupart des gens n'essaient pas de me bousculer.

— La plupart des gens n'essaient pas de me bloquer, rétorque Enrique. (Les deux hommes sont maintenant presque poitrine contre poitrine.) Et c'était une situation unique.

— À laquelle tu as réagi sans hésiter, souligne

Xavier. Tout comme tu le fais maintenant. (Il lance un regard à Elias.) Il sera mon second, absolument.

Enrique grogne, mais Elias sourit.

— Oui, je le vois bien.

— Sérieux ? lui lance Enrique, incrédule.

— Regarde autour de toi, murmure Elias.

Ce qui m'incite à le faire. Je constate que tout le monde a reculé de plusieurs pas et fixe Enrique avec stupéfaction. La peur et le respect se reflètent dans leurs yeux écarquillés. Certains baissent même la tête.

Enrique jure. Elias sourit encore plus largement. Et Xavier hoche la tête.

—J'ai bien raison.

— Espèce d'enfoiré, ronchonne Enrique. Je ne t'aime même pas.

— Tu n'as pas besoin de m'aimer pour être mon second. Mais tu finiras par m'apprécier en apprenant à me connaître.

— Je n'ai pas accepté, râle Enrique. Et je n'accepte pas.

Xavier hausse les épaules.

— Parles-en d'abord à ta compagne, peut-être. Nous avons beaucoup à offrir ici. Y compris un moyen d'aider ton frère.

Il fait demi-tour, mais Enrique lui emboîte le pas et m'entraîne avec lui.

— Qu'est-ce que tu peux faire pour mon frère ?

Xavier s'arrête et jette un coup d'œil par-dessus son épaule.

— Oh, tu es soudain intéressé maintenant ?

— Ne te fous pas de moi, Xavier. Que peux-tu faire

pour Joseph ? insiste Enrique, sa domination émanant de lui par vagues.

L'Alpha pivote lentement pour lui faire face à nouveau, sa propre domination s'opposant à celle d'Enrique.

Je frissonne et me serre plus fort contre son flanc. Il se détend aussitôt et lâche ma main pour passer son bras autour de moi.

— *Lo siento, pequeño tesoro,* dit-il doucement. (*Je suis désolé, petit trésor.*)

— *Estoy bien,* lui réponds-je. (*Je vais bien.*)

Xavier nous regarde l'un l'autre, puis croise les bras sur sa poitrine à la manière d'Elias. Sauf qu'il n'a pas l'air aussi amusé que l'autre Alpha.

— Tu as peut-être remarqué la lucidité de Philippe, dit Xavier. Ou pas ?

Enrique se contente de baisser le menton en guise de réponse, mais je sens sa tension dans son bras.

— Eh bien, nous avons mis au point des méthodes qui aident à briser l'emprise mentale de Carlos, explique Xavier. Mais il faudra que Joseph vienne ici, sur l'île.

— Et Savi ? demande mon compagnon.

— Il serait préférable qu'elle reste dans le Secteur Andorra pendant qu'on évalue l'état de ton frère. Ça pourrait prendre des années pour le ramener.

Enrique déglutit, et son malaise picote notre lien tandis qu'il répète :

— Des années.

Xavier hoche la tête.

— Ce n'est pas un processus facile. Mais on sait que ça marche.

— Alors qu'on n'a rien pu faire d'autre que de l'endormir, ajoute Elias. Quoique on ne l'a récupéré que depuis un peu plus d'une semaine.

— Qu'est-ce que tu lui ferais au juste ? demande Enrique à Xavier.

— C'est un processus que je ne peux pas expliquer en quelques phrases et que je n'ai pas non plus envie de divulguer maintenant. (Il me lance un coup d'œil, indiquant clairement qu'il ne veut pas que j'entende, peut-être parce qu'il pense que je ne pourrais pas le supporter émotionnellement.) Mais Philippe peut te faire une démonstration, si ça t'intéresse de voir comment on procède.

Enrique est toujours en train de l'étudier attentivement.

— Ça m'a l'air inquiétant.

— Parce que c'est un processus foutrement intense, grogne Xavier. Mais ce n'est pas non plus comme si ton frère était parvenu à son état actuel en valsant. Il a fallu des années de torture. Ça va prendre un bon moment pour qu'il s'en libère.

Mon compagnon continue de fixer Xavier en silence. Elias se racle la gorge.

— À toi de choisir, Enrique. Ander et moi comprendrons si tu préfères rester sur l'île au Venin. D'après ce que j'ai compris, tu as aussi de vieux amis ici.

Enrique garde le silence, mais je sens qu'il réfléchit à ses options. Il finit par baisser les yeux sur moi.

— Caja serait la seule Oméga ici jusqu'à ce que les autres puissent nous rendre visite, c'est ça ?

— Non, dit Xavier. (Enrique hausse les sourcils et

reporte son regard sur lui.) Nous avons treize Omégas sous ce dôme, toutes accouplées. Quatorze maintenant, avec Caja.

— Comment ça ? s'étonne Enrique.

Mais Xavier se contente de sourire.

— Apparemment, ils se sont liés d'amitié avec des contrebandiers dragons, marmonne Elias. Quelque chose dans les roches de certaines zones minières de cette île permet d'excellents échanges. Donne à un dragon une caisse de pierres en échange de quelques Omégas, et voilà. Tu as l'île du Venin.

— Je n'ai jamais confirmé ça, se récrie Xavier.

— Tu n'as pas eu à le faire, rétorque Elias. (Puis il se tourne vers Enrique.) Alors, qu'est-ce que ça va être ? Des flingues de luxe ou un travail ?

— Un poste de leader qui s'accompagne d'une aide promise pour rendre la santé à ton frère, clarifie Xavier sèchement. Et nous pouvons échanger des armes, si ça t'intéresse.

— Mes flingues ne sont pas à vendre, grogne Elias.

Xavier hausse les épaules.

— Tes flingues ne sont pas les seuls disponibles.

— Ils sont pourtant uniques en leur genre, souligne Elias.

— Comme d'autres types et calibres, remarque Xavier.

Enrique secoue simplement la tête.

— Je dois parler à ma compagne.

— Bien, bien, acquiesce Elias. Mais dépêche-toi. Je veux rentrer aujourd'hui.

Enrique hoche la tête, puis me tire à l'écart.

Nous marchons en silence un moment, durant lequel Enrique paraît découvrir les structures variées bâties dans ce paysage lagunaire. Il y a une grande tour avec des chutes d'eau derrière qui descendent d'une montagne. Levant les yeux, je distingue l'éclat du verre qui plane au-dessus d'elle, ce qui me perturbe grandement.

— C'est un dôme, m'annonce-t-il. Je n'ai aucune idée de la façon dont ils l'ont fabriqué, mais je suppose que les dragons métamorphes y sont pour quelque chose.

— Je n'ai jamais entendu parler de dragons métamorphes, chuchoté-je.

Mais je ne connaissais pas non plus les vampires avant de rencontrer Guðrún.

Je fronce les sourcils en pensant à elle, ainsi qu'aux autres.

— Tu penses qu'elles vont bien ? demandé-je à brûle-pourpoint, ce qui fait sourciller Enrique.

— Les dragons métamorphes ?

— Non, désolée, les autres Omégas. Guðrún, Hel, ces louves arctiques… (Je m'interromps et déglutis.) Elles n'ont pas atterri ici, n'est-ce pas ?

Il secoue la tête.

— Non. Et honnêtement, je n'en sais rien. Ander a dit qu'il n'y a aucun moyen de savoir où elles ont atterri, et toutes les îles sont hors de la juridiction du X-Clan. On ne saurait même pas où chercher ni avec qui s'allier pour lancer les recherches.

— Oh.

Je frissonne. Il m'attire à lui, et nous nous arrêtons sur un sentier près d'une cascade.

—Je suis désolé, Caja. Je… je ne sais pas comment les aider.

Je me mords la lèvre.

—Je ne sais pas non plus.

Et je déteste ça. Je déteste que nous ne puissions pas les aider.

Mais dans ce monde… c'est une question de survie. Je le sais depuis toujours. Et je suis certaine que les autres Omégas ont aussi appris cette leçon très tôt.

Enrique me prend dans ses bras.

—Je suis désolé, répète-t-il.

— Ce n'est pas ta faute.

— Si, soupire-t-il. J'étais l'Alpha responsable. Elles étaient sous ma protection, et je les ai laissées tomber.

Je secoue la tête.

— Tu n'as pas fait exprès de crasher le jet, Enrique. Je ne te le reprocherai jamais, ni même Hel. Si cette expérience m'a appris quelque chose, c'est que le destin a un plan pour chacun de nous. Et son plan pour moi était de m'amener à toi.

Ce qui suggère que son plan pour nous était de nous faire venir ici. Tout comme son plan pour les autres Omégas consistait à les envoyer sur les îles où elles ont atterri.

— Peut-être que ces îles recèlent des secrets, murmuré-je. Tout comme celle-ci.

Je fais référence à sa surprise que j'ai ressentie dans notre lien lorsque Xavier a parlé de cette base, et plus précisément de pouvoir aider Joseph.

— Peut-être, opine-t-il en posant son menton sur ma tête. Pour les autres Omégas, j'espère que tu as raison.

— Je l'espère aussi. (Je déglutis de nouveau.) Alors, qu'est-ce que tu veux faire ? lui demandé-je, curieuse de connaître ses réflexions.

Je pense qu'il est assez évident que nous devrions rester, mais il n'a pas l'air très enthousiaste à l'idée de demeurer ici avec Xavier.

— Je ne peux pas aider ces autres Omégas, dit-il lentement. Mais je peux aider Joseph, et potentiellement les Omégas accouplées aux Alphas ici.

— En restant, murmuré-je, voyant qu'il ne précise pas sa pensée.

— En restant, fait-il écho.

J'incline le menton en signe de compréhension.

— Alors nous restons.

Il baisse les yeux sur moi.

— Aussi simple que ça ?

Je hausse les épaules.

— Je n'ai nulle part où aller, Enrique. Depuis que tu m'as dit que mon Alpha était mort, tout ce que j'ai toujours voulu − tout ce que j'ai toujours espéré −, c'est d'être là où tu es.

Ses yeux cherchent les miens.

— Comment as-tu pu me faire autant confiance dès le début ?

— Parce que tu m'as sauvée.

— Plusieurs Alphas t'ont sauvée, *tesoro*. Je t'ai seulement fait sortir de cette cage.

Je secoue la tête.

— Ce n'est pas ça, Enrique. (J'empaume sa joue.) Tu

as sauvé mon cœur. Mon âme. Mon esprit même. Juste en me montrant que certains Alphas peuvent être gentils. Tu m'as donné une raison de vivre. D'envisager un avenir. De vouloir plus que ce que me donnait mon existence.

Ce n'est pas quelque chose que je peux facilement expliquer. C'est juste… un éveil qu'il a provoqué en moi. Un changement dans la direction de mon esprit.

— Tu m'as donné envie de respirer à nouveau, reprends-je. Alors oui, c'est aussi simple que ça, Enrique. Si tu veux rester, nous resterons. Parce que je serai à tes côtés pour toujours.

Il se penche sur ma main et ferme les yeux.

— Tu es le nouveau départ dont j'ignorais que j'avais besoin, *tesoro*, murmure-t-il. J'étais perdu avant, je ne savais même pas où aller quand le Secteur Bariloche est tombé. Et je n'aurais certainement jamais pensé que j'atterrirais ici, avec toi à mes côtés.

Je caresse du pouce sa pommette saillante.

— Il n'y a aucun autre endroit où je préférerais être.

— Il n'y a nulle part ailleurs où j'aurais envie d'être non plus, avoue-t-il, rouvrant ses yeux sombres. Tu es mon avenir maintenant, *tesoro*. Mon tout. (Il appuie sa paume sur mon ventre plat.) Et je vais passer notre vie à le prouver à notre famille.

Je me hisse sur la pointe des pieds pour effleurer ses lèvres d'un baiser.

— Tu es déjà tout ce que je peux désirer, Enrique.

Il entoure le bas de mon dos de son bras et me serre contre lui.

— Oh, *tesoro*. Je vais être tellement plus. Je te le

promets. (Il m'embrasse avant que je puisse répondre, son contact possessif me réchauffant toute entière, jusqu'à mon esprit.) À notre nouvelle existence, ajoute-t-il.

— À notre nouvelle existence, opiné-je.

Une nouvelle vie. Un nouveau but.

*Une fin heureuse… inattendue.*

# ENRIQUE

Caja et moi regardons le jet d'Elias se préparer au décollage, ses réacteurs s'allument en rugissant.

Nous ne sommes pas les seuls à observer les préparatifs. La nervosité taraude mes sens, les loups doutant manifestement que ça marche. Ce n'est pas le dôme de verre qui les inquiète — le jet a atterri juste à l'extérieur — mais la barrière qui force tous les habitants du X-Clan à rester ici.

— Les dragons n'en sont pas affectés, a expliqué Xavier un peu plus tôt. Mais nous si.

— Parce que c'est une barrière visant à garder les loups X-Clan sur l'île. Toutes les îles ont leurs propres méthodes. Celle-ci est programmée pour reconnaître les gènes X-Clan. Elle agit donc comme un filet invisible qui, en gros, te repousse en arrière si tu t'en approches.

— Je sais, a marmonné Xavier. C'est ce que je dis. On ne peut pas traverser la barrière. Alors comment tu comptes partir, bordel ?

Elias a souri.

— En trompant les marqueurs génétiques. (Xavier a eu l'air d'en douter. Elias a simplement ajouté :) Fais-moi confiance.

— Ce connard arrogant a intérêt à savoir ce qu'il fait, gronde à présent Xavier près de moi, les yeux rivés sur l'avion.

— Je te l'ai dit, leur technologie est très avancée.

Et je suis presque sûr qu'Ander le lui a dit aussi.

— Pourtant, ton jet s'est écrasé sur mon île, remarque Xavier.

— À cause d'une tempête électrique magique créée par une louve d'une espèce très différente. Ce n'est pas la faute de la technologie. C'est dû à… tout autre chose.

Il me lance un coup d'œil.

— Le destin.

J'arque un sourcil à ce mot, qui revient souvent ces derniers temps.

— Peut-être, éludé-je.

Je resserre mon bras autour de Caja et l'attire plus fermement contre moi. Elle n'étudie plus l'avion, ses yeux sont posés sur moi.

— Tu vas bien, petit trésor ? lui demandé-je en espagnol.

Elle acquiesce.

— J'étais juste… en train de penser.

— Penser à quoi ? m'enquiers-je en baissant les yeux sur elle.

— Au fait que je n'ai pas encore vu ton loup.

J'arque l'autre sourcil.

— Tu veux voir mon loup, *tesoro* ?

— Oui, chuchote-t-elle. S'il te plaît.

Je souris.

— Je pense que lui aussi est très impatient de te voir.

Cela fait bien trop longtemps que je ne me suis pas transformé. Et l'idée d'aller courir avec ma nouvelle compagne… oui, ça m'attire vraiment.

— Tu veux qu'on aille explorer après qu'on a fini ici ?

Elle hoche de nouveau la tête.

— J'aimerais bien.

— Moi aussi, opiné-je.

— À votre place, je ne m'éloignerais pas trop de la base, intervient Xavier. Ou envisagez d'explorer la montagne sous le dôme, au moins jusqu'à ce que vous appreniez la configuration des lieux à l'extérieur.

Normalement, je prendrais plutôt mal qu'on me donne des conseils sur ce qu'il faut faire ou ne pas faire. Mais je perçois ses bonnes intentions dans le ton de Xavier. Il sait que je peux prendre soin de moi. Toutefois, Caja… est vulnérable. Pas seulement en tant qu'Oméga, mais à cause de la précieuse vie qui grandit en elle. N'importe quel loup peut flairer qu'elle est enceinte. Peu importe le stade auquel elle se trouve, ses phéromones changent déjà.

— Je pense que nous allons rester sous le dôme pour l'instant, opiné-je.

Il est bien assez vaste pour permettre une longue course. En plus, il comporte de jolies cascades qui, je le sais, ont attiré l'œil de ma compagne. Nous pourrions trotter jusque là et trouver peut-être une autre lagune. Ou une grotte.

Parce que j'ai très envie de nouer mon Oméga

contre les rochers. C'était ce que j'attendais avec impatience quand je l'ai laissée dans cette caverne, et je n'ai jamais eu l'occasion de réaliser ce fantasme. Nous allons donc le faire maintenant.

Le jet gronde, un compte à rebours se déroule probablement dans les haut-parleurs à l'intérieur. Nous sommes trop loin pour l'entendre, même avec nos oreilles de loups. Mais cet espace est nécessaire, la puissance du jet exigeant une distance de sécurité.

Xavier est tendu, comme tout le monde. Philippe est dans cet avion, et j'ai cru comprendre au passage qu'ils étaient devenus tous deux des amis très proches.

Francesca vient prendre la main de Xavier et la serrer brièvement. Je fais mine de ne pas le remarquer, surtout lorsqu'elle le lâche et qu'il attrape de nouveau sa main.

Il n'est pas rare que des Alphas tombent amoureux l'un de l'autre. Même si nous sommes plus compatibles avec les Omégas, ce n'est pas pour autant que nous nous accouplons qu'avec des Omégas.

Caja se blottit contre moi et pose sa main sur mon ventre pendant que le jet s'élève. Je me demande si elle pense à celui qui nous a amenés ici et à ce que l'on ressent en volant dans un de ces engins.

Ou peut-être qu'elle pense à la même chose que moi – au crash. La barrière ne me préoccupe pas. Si Elias dit qu'il peut la tromper, je le crois. Je pense juste à la dernière fois où j'étais dans un jet comme celui-là et à la façon dont j'ai atterri ici.

J'ai l'impression que c'était il y a des mois, alors que ça ne fait pas si longtemps.

Ander va faire de son mieux pour localiser les Omégas sur les îles environnantes, et Xavier a proposé d'envoyer quelques bateaux pour des missions de sauvetage, mais il ne peut guère aller plus loin que l'île aux Parias voisine. Ander lui a dit de patienter. Il va d'abord voir quelles informations il peut recueillir.

Quant à moi, je ne suis pas optimiste.

J'ai laissé tomber ces Omégas. Je ne me le pardonnerai peut-être jamais. Mais Caja m'aide. Elle ne me fait aucun reproche, disant que c'était un tour bizarre du destin.

*Et voilà encore ce mot*, pensé-je, baissant les yeux sur la femme que je suis destiné à chérir pour le reste de mon existence.

Les loups du X-Clan ne sont pas vraiment du genre à être des compagnons prédestinés, mais on a carrément l'impression qu'on était destinés à se trouver l'un l'autre.

Elle lève les yeux vers moi, ses grands yeux noirs pleins de confiance.

— Prêt à courir ? me demande-t-elle doucement.

J'acquiesce et embrasse sa tête.

Le jet n'est plus qu'un point dans le ciel, la barrière est loin derrière lui.

Et tout le monde ici est juste… bouche bée. Xavier y compris.

— Et maintenant, tu sais que l'arrogance d'Elias est justifiée, le raillé-je.

Xavier cligne des yeux puis déglutit, manifestement stupéfait.

—Je dois appeler Ander, profère-t-il.

Et il s'éloigne à grands pas vers la base.

Francesca secoue la tête et esquisse un sourire.

— Il commence à t'apprécier.

— Sûr, dis-je, sans y croire une seconde. Pourquoi ce n'est pas toi son second ?

Elle hausse les épaules.

— Parce qu'il a besoin de quelqu'un qui le défie, et je ne suis pas faite pour ça.

— Tu avais l'habitude de me défier tout le temps, lui rétorquai-je, incrédule.

Son sourire revient.

— Ouais, ce n'est pas pareil. J'aime bien t'embêter. Mais X… (Elle s'interrompt, son regard devient rêveur.) Je ne défie pas X. Du moins, pas comme ça.

Je ne demande pas de détails, mais je peux imaginer ce qu'elle veut dire.

Les ongles de Caja s'enfoncent un peu dans ma chemise, ce qui ramène mon attention sur elle. Elle regarde Francesca comme si elle voulait la défier.

*Ma petite Oméga possessive.*

Je décide de la guérir de toute jalousie en me penchant pour capturer sa bouche avec la mienne, non pas dans un baiser doux et chaste, mais d'une manière profonde et revendicatrice qui ne laisse aucun doute quant à ce que je ressens pour elle.

Cela sert aussi à montrer à tous ces Alphas non accouplés qu'elle est à moi, bien qu'aucun d'eux n'ait osé la regarder. Mais cela m'assurera qu'aucun d'eux ne posera jamais les yeux sur elle.

Elle se colle à moi en réponse, et gémit tandis que je la serre encore plus fort contre moi. Je bande déjà, malgré plus d'une semaine de baise. Ça fait quelques heures que je ne l'ai pas nouée. Je le referais volontiers maintenant, ici même.

Mais ma petite compagne veut rencontrer mon loup.

— Allons faire cette course, dis-je contre sa bouche.

Elle grogne en signe de protestation.

— On va en faire un jeu de piste amusant, ajouté-je. Et quand je t'attraperai, ce qui arrivera, je te baiserai.

Elle frissonne, son grognement se transformant en gémissement. Elle lève les yeux sur moi en battant de ses longs cils noirs.

— Je crois que je vais aimer ça.

— Oh, petit trésor, je sais que tu vas aimer, lui assuré-je en souriant.

Quand je me tourne vers le dôme, l'assemblée s'est éloignée de nous, Francesca y compris. Et une fois à l'intérieur, il ne nous faut pas longtemps pour trouver un endroit sûr où nous déshabiller pour notre course.

Caja m'observe d'un air affamé, son regard parcourant chaque centimètre de ma peau nue. Je lui rends la pareille, puis je demande à ma bête de prendre le dessus.

Mon loup bondit pratiquement hors de ma peau, plus que prêt à rencontrer officiellement sa compagne.

Elle ne se transforme pas de suite, mais s'avance pour promener ses doigts dans ma fourrure gris foncé avec un regard émerveillé.

— Tu as des touches d'argent dans ton pelage, remarque-t-elle en faisant glisser sa caresse jusqu'à mon museau entièrement noir. Wow ! (Elle va toucher mes oreilles aux pointes noires, puis descend le long de ma tête pour prendre ma joue en coupe.) Tu es un très beau loup.

Ma bête émet un son qui, je le jure, se traduit par « je sais », et s'appuie sur sa main en fermant les yeux. Nous restons ainsi pendant un long moment, son pouce traçant de petits cercles dans ma fourrure.

Puis elle finit par lâcher prise et laisse son propre animal sortir pour jouer.

Mon loup gronde en guise d'approbation, très satisfait du pelage noir lisse et de la silhouette élancée de notre petite compagne. Il montre son plaisir en s'approchant d'elle et en lui mordant le cou d'un air enjoué. C'est un geste de domination, mais aussi de protection.

Elle est à nous. Et nous sommes à elle. Pour toujours et à jamais.

*Courons*, pensé-je, et mon loup grogne son assentiment.

Mais avant qu'on ait amorcé un pas, notre petite compagne s'élance dans la nature et file tout droit vers la cascade.

La langue de ma bête pend du côté de sa gueule, son regard est vif et concentré tandis qu'elle donne une longueur d'avance à notre trésor.

Quand elle atteint la limite des arbres, nous décollons.

*Et la course vers l'éternité commence…*

# ÉPILOGUE

## CAJA

— Qu'est-ce que je t'ai dit à propos de grimper sur le comptoir ? lancé-je, les mains sur les hanches, fusillant du regard un petit chiot oméga fougueux.

Un chiot qui pousse des jappements indignés en guise de réponse.

— Écoute ta mère, petite diablotine, renchérit Enrique en entrant dans la cuisine.

Hel, notre petite diablotine, saute du comptoir et court poser ses pattes partout sur Enrique avant de reprendre sa forme humaine.

— Papa ! Papa ! scande-t-elle, ce qui me fait soupirer.

— *Bien sûr, tu te comportes comme un petit ange maintenant,* me dis-je en la regardant de travers.

Mais rien qu'un sourire de ses petites lèvres me fait refouler ma colère. Parce que bon sang, elle est vraiment adorable.

Enrique la prend dans ses bras pour la faire tournoyer, un sourire de fierté dans ses yeux noirs.

— Hey, *niña*, dit-il.

Son usage combiné des langues incite notre petit monstre à babiller en espagnol. Rien de tout cela n'a encore de sens. Pas vraiment. Cependant, quelques mots clés ressortent, comme *mama* et *reglas*. Maman et règles. Ça sonne plutôt bien.

Soupirant, je reprends mon ménage pendant qu'Enrique annonce à Hel qu'il veut lui présenter quelqu'un. Je me raidis quand je réalise de qui il s'agit.

*Joseph.*

Je peux le flairer maintenant que je ne suis plus saturée par l'odeur de l'eau de Javel sur mes mains. Je lève les yeux sur Enrique, et j'y perçois une question qui s'attarde dans ses profondeurs. *As-tu confiance en moi ?* semble-t-il demander.

Lui faire confiance n'a jamais été un problème. Mais Joseph… Joseph est un inconnu.

Enrique a travaillé dur avec lui pendant la majeure partie des trois dernières années, m'autorisant à lui rendre visite seulement quelques fois ces derniers temps.

Et aucun de ces moments n'a été agréable.

Joseph ne s'est jamais montré méchant ou cruel, juste désintéressé. Comme s'il ne voulait rien avoir à faire avec moi. Il ne me regardait même pas.

Mais si Enrique pense que c'est la prochaine étape, alors je me fie à son jugement. Parce que je sais ce que cela représente pour lui. Et je sais à quel point Hel est importante dans sa vie. Il ne mettrait jamais en danger ni elle ni moi.

Donc j'acquiesce.

Il m'adresse un petit sourire et indique le salon d'un signe de tête.

Déglutissant, je le suis et me place près des canapés. Ils sont encadrés par des fenêtres qui donnent sur les cascades derrière notre immeuble — celui qu'Enrique a choisi pour nous quand Xavier nous a laissé le choix de l'endroit où vivre sur l'île au Venin.

Bien que nous soyons ici depuis plus de trois ans, j'ai encore parfois l'impression que tout est nouveau. Aujourd'hui, c'est l'un de ces moments. Peut-être parce que j'ai constamment peur que cette petite bulle d'utopie qu'Enrique et moi avons construite ensemble risque de voler en éclats.

Mais lorsque son frère entre chez nous, je sens mes épaules se détendre. Parce qu'il… *sourit.*

Je crois que je n'ai jamais vu Joseph sourire.

— Tu dois être Hel, dit-il à notre petite.

Elle ne répond pas et se cramponne à son père comme s'il était son point d'ancrage dans la vie. Je la comprends, car je le considère aussi comme le mien.

Il passe une main apaisante dans son dos.

— Voici ton oncle Joseph, présente Enrique. Tu reconnais son odeur ? Elle est un peu comme la mienne.

*Il te ressemble aussi,* me dis-je. Bien qu'ils soient de faux jumeaux, ils ont les mêmes cheveux noirs et les mêmes iris. Mais les yeux de Joseph recèlent une lueur hantée qui, je le soupçonne, ne disparaîtra jamais.

Hel penche la tête en arrière pour humer l'air, fronçant son petit nez.

— Pourquoi ? demande-t-elle.

— Pourquoi il sent comme moi ? reformule Enrique, s'assurant qu'il a bien compris sa question.

— Ouais, fait-elle. Pourquoi ?

— Parce que c'est mon frère jumeau, explique-t-il. Tu sais que papa n'arrête pas de dire qu'il souhaite que maman te donne une sœur ou un frère ?

Je plisse les yeux et fais en sorte qu'il sente ma réponse à cela via notre lien.

Ses lèvres tressaillent, mais il n'admet pas autrement le fait que je ne vibre *pas du tout* à l'idée d'avoir d'autres enfants. Pas encore, en tout cas.

Hel est un chiot difficile.

De plus, je ne sais pas si mon cœur pourrait supporter d'en avoir un autre. J'aime tellement Hel et Enrique que je ne suis pas sûre qu'il y ait de la place pour plus. Mais Enrique est convaincu que si.

Heureusement, il ne me met pas la pression. Il s'assure simplement que je sache qu'il est tout à fait disposé à engendrer d'autres chiots.

*Avec beaucoup, beaucoup de nouages.*

— Ouais, répond Hel à la question d'Enrique. Mais maman dit non.

— En effet, petite diablotine. En effet, répète-t-il en m'adressant un clin d'œil par-dessus son épaule.

— Maman ne change pas d'avis non plus, répliqué-je.

— On verra bien, murmure-t-il.

— Non. Non, on ne verra rien du tout.

Il me lance simplement un de ces regards de braise qui me font fléchir les genoux.

J'essaie de lui retourner un regard noir. Mais je suis presque sûre qu'il le perçoit tout autrement, parce que ses narines se dilatent en réponse.

— Est-ce que ton papa et ta maman font souvent ça ? s'enquiert Joseph en s'accroupissant pour se mettre au niveau de Hel.

Elle hoche la tête par saccades, ses petites mains toujours agrippées à Enrique.

Joseph hoche la tête avec elle.

— C'est parce qu'ils t'aiment beaucoup.

Hel fronce son petit nez.

— Ah ouais ?

— Ouaip. Je le vois à la façon dont ton papa regarde ta maman. C'est comme ça que je regardais ma compagne.

Les épaules d'Enrique se raidissent aux paroles de Joseph, mais son frère ne le remarque pas ou ne réagit pas. À la place, il penche la tête de côté et interroge :

— Alors pourquoi ils t'ont appelée Hel ?

Notre fille esquisse une moue et lève les yeux sur Enrique.

— Papa ?

Il rejoint son frère en position accroupie, mais ses épaules restent crispées.

— On t'a déjà raconté cette histoire, petite diablotine. Tu veux l'entendre encore ?

Elle hoche la tête.

— Ouais.

Enrique sourit et se relève en la prenant dans ses

bras, puis va s'asseoir sur le canapé. Hel me tend la main, me faisant comprendre qu'elle veut que je les rejoigne. Une fois que je me suis assise, elle se glisse dans l'espace entre nous et appuie sa tête sur mon épaule tandis que Joseph prend place dans un fauteuil adjacent. Ses mouvements sont lents et déterminés, comme s'il réfléchissait à tout avant d'agir. Mais une fois installé dans son fauteuil, il est l'incarnation même de la tranquillité.

S'il n'y avait pas cet obscur tourment qui rôde dans son regard, je croirais presque à sa façade.

— Maman et papa ont atterri ici à cause d'une Oméga qui s'appelle Hel. Nous pensons que c'est grâce à elle que nous sommes ensemble. Nous avons donc décidé de donner son nom à notre petite Oméga.

Tout en parlant, il prend en coupe la mâchoire de notre fille et se penche pour déposer un baiser sur sa tête.

— Hel est aussi une Oméga fougueuse, ajouté-je.

J'emploie le présent car je sais qu'Hel est en vie. Nous ne nous sommes pas parlé, mais Ander a découvert grâce à son contact que non seulement elle avait été retrouvée, mais qu'elle est aussi très heureuse en couple à présent. Tout comme moi.

D'après ce qu'Ander a pu apprendre, la plupart des Omégas ont survécu. Seules quelques-unes manquent à l'appel. Comme Guðrún. Cependant, des rumeurs ont circulé à propos d'un changement de pouvoir dans les nids de vampires, et j'aime à penser qu'elle a quelque chose à voir avec ça.

— C'est quoi f-foueuse ? demande Hel.

— Fougueuse, corrigé-je gentiment. Ça veut dire qu'elle est forte.

— Tout comme toi, ajoute Enrique en lui donnant une petite tape sur le nez. Et comme ta mère.

—Je ne te donne toujours pas de deuxième chiot, lui dis-je.

Quoique nous savons tous deux que je mens. Je le ferai un jour, mais… pas encore.

— Toujours en train de penser à mon nœud, *tesoro*, glousse-t-il.

Hel lève les yeux sur lui.

— C'est quoi un nœud ?

Son amusement s'éteint.

— Quelque chose que tu n'apprendras jamais.

Je ricane. Il plisse les paupières.

—*Jamais*, répète-t-il.

Je me contente de hausser les épaules.

— C'est ça, intervient Joseph, me faisant sursauter. (Je suis sur le point de bondir du canapé pour stopper ce qu'il fait quand je vois qu'il brandit sa chaussure.) J'ai du mal à attacher mes lacets, alors je leur fais un nœud.

Je lâche un soupir en frissonnant, et mon corps s'enfonce dans le canapé derrière moi. Parce que wow. Je… je ne m'attendais pas à ce qu'il dise ça. Ou qu'il dise quoi que ce soit.

— Oh. (Elle fait de nouveau la moue.) Pourquoi ?

— Pourquoi j'ai du mal ? précise-t-il, faisant comme Enrique quand il cherche à savoir ce que Hel demande en vérité.

— Ouais, acquiesce-t-elle. Pourquoi ?

— Parce que mes mains tremblent beaucoup ces

temps-ci, lui dit-il doucement, ses mots me brisant le cœur.

— Pourquoi ? insiste Hel.

— Parce que c'est comme ça. (Il hausse les épaules.) Parfois, il se passe des choses qu'on ne peut pas expliquer.

— Oh. (Elle y réfléchit un instant, puis enchaîne avec sa question préférée :) Pourquoi ?

Il émet un petit rire un peu rouillé.

— C'est de la magie.

Elle hoche la tête comme si elle comprenait. Puis elle regarde Enrique.

— C'est quoi la magie ?

Il soupire en jetant un regard exaspéré à son frère, puis tente de définir le concept pour notre enfant.

Comme je m'y attendais, la conversation se déroule avec beaucoup de questions de la part de notre petite louve. Lorsqu'ils ont terminé, il est presque l'heure de coucher Hel, alors je l'emmène dans sa chambre pour qu'elle entame sa routine du soir. Enrique nous rejoint peu après pour l'embrasser et lui souhaiter bonne nuit, puis retourne auprès de Joseph au salon.

Plus d'une heure plus tard, je quitte Hel endormie et je trouve Joseph en train de parler à Enrique sur le balcon de notre salle à manger. Ils sont en pleine conversation, et je ne veux pas les interrompre. Je vais donc me préparer pour aller me coucher.

— Joseph m'a dit de te transmettre ses remerciements pour lui avoir permis de rencontrer Hel, me dit Enrique en entrant dans la salle de bains, où je suis en peignoir. Je pense que ça l'a aidé.

— Vraiment ?

Il acquiesce, puis fait rouler son cou.

— Il a besoin de… normalité. Quelque chose qui le sorte de sa tête.

— Est-ce qu'il est retourné dans ses, euh, quartiers ? demandé-je prudemment.

Je sais que Joseph ne vit pas parmi les autres sous le dôme. Il habite maintenant dans une cabane juste à l'extérieur, ce qui est bien mieux que la chambre capitonnée qu'il occupait avant.

— Oui, murmure Enrique. Il doit faire ses valises.

Je fronce les sourcils et me retourne face à mon compagnon.

— Ses valises ?

Il baisse le menton et son regard accroche le mien.

— Il se rend dans le Secteur Andorra demain. Pour voir Savi.

Je reste bouche bée.

— Hein ? Ça fait des mois qu'il refuse de la voir. Il est enfin prêt ?

— Non, souffle Enrique. Pas du tout. Mais il doit le faire. Il doit la voir. Parce que si sa présence ne la réveille pas de ce coma, rien d'autre ne le fera. Et puis…

Je déglutis. *Et puis… la chose la plus humaine serait de la laisser mourir*, me dis-je, terminant la phrase avec un frisson.

Il m'attire dans ses bras, pose son menton sur le sommet de ma tête.

— Il faut que ça marche, murmure-t-il. Il le faut.

J'acquiesce, mais je ne peux m'empêcher de me demander : *et si ça ne marche pas ?*

Il me tient contre lui pendant un moment, ressentant sans doute ma tristesse et mon inquiétude grâce à notre lien d'accouplement. Puis il m'entraîne dans la chambre, où il me débarrasse de mon peignoir avant d'enlever ses vêtements.

— J'ai besoin de te serrer dans mes bras dans ton nid cette nuit, me dit-il. S'il te plaît, *tesoro*.

— Tu peux toujours me serrer dans tes bras, murmuré-je. Je suis à toi.

— Et je suis à toi, répète-t-il.

Puis il me soulève pour nous installer tous deux dans mon havre de paix moelleux. *Notre* havre de paix moelleux.

— C'est *notre* nid, Enrique, lui rappelé-je.

— Je sais. Mais j'aime t'entendre me corriger, avoue-t-il, fourrant son visage dans mes cheveux en me serrant contre lui. Tout comme j'aime t'entendre me démentir.

— On ne va pas discuter d'un deuxième chiot maintenant, grommelé-je.

Il s'esclaffe.

— Non. Mais peut-être la semaine prochaine, pendant tes chaleurs ?

Je grogne, ce qui le fait encore plus rire.

— Je t'aime, *pequeño tesoro*, murmure-t-il. Je t'aime tellement.

— Tes mots doux ne te procureront pas un autre chiot, rétorqué-je.

Il me pousse dans le dos en me dominant de toute sa hauteur.

— Non, c'est mon nœud qui le fera, dit-il. Les mots doux, c'est juste moi qui vénère ma compagne.

Je lève les yeux au ciel.

— Tu essaies de me séduire.

— Toujours, admet-il. Mais j'attache de l'importance à ton consentement, Caja. Tu le sais, n'est-ce pas ?

En effet, il ne m'a jamais forcée à faire quoi que ce soit. Ne m'a jamais prise contre mon gré. Veille toujours à mon confort avant tout. Et me complète dans tous les sens du terme. Parce qu'il est mon Alpha. Mon compagnon. Mon loup parfait.

Je prends sa joue en coupe et lui souris.

— Je t'aime aussi, lui dis-je. Plus que je ne l'aurais jamais cru possible.

Et de même pour notre petite diablotine. Notre Hel.

— Tu m'as donné une raison de respirer, murmuré-je. Et pour ça, je te serai toujours reconnaissante.

— Tout comme tu m'as offert un avenir dont j'ignorais que j'avais besoin, me chuchote-t-il en retour. Et pour ça, je serai toujours à toi.

### Merci d'avoir lu *L'île au Venin* !

Si tu as aimé cette histoire, pense à laisser une critique. Cela me dira si je devrais envisager d'écrire plus de livres comme celui-ci – le genre que tu peux savourer en une seule nuit mais qui a quand même une intrigue et une fin satisfaisantes. 😊

Si tu te demandes ce qui s'est passé une fois qu'Enrique a rattrapé Caja à la cascade, clique ici.

Tu veux en savoir plus sur les loups du X-Clan ?
Commence la série complète d'histoires indépendantes
dès aujourd'hui !
*X-Clan : Origines* (Jonas & Riley)
*La Promise de l'Alpha* (Ander & Kat)
*La Compagne de l'Alpha* (Elias & Daciana)
*Le Trône de l'Alpha* (Kazek & Winter)
*La Revanche de l'Alpha* (Sven & Kari)

Autres livres dans cet univers :
*Le Secteur Sanglant* (Kieran & Quinn)
*Le Secteur de la Nuit* (Lorcan & Kyra)
Le Secteur de l'Éclipse (Cillian & Ivana)
Le Secteur Kodiak (Grey & Ashlyn)

# SCÈNE BONUS

# CAJA

Enrique est juste derrière moi. Je ne l'entends pas, mais je le sens.

Dieux, son loup est magnifique. Si grand, si puissant. Avec ses élégantes marques noires entremêlées à sa fourrure gris argent. J'ai envie de le caresser, de le câliner, peut-être de faire une sieste avec lui.

Mais je me rappelle alors sa promesse de me poursuivre.

« Et quand je t'attraperai, ce qui arrivera, je te baiserai. »

Mes entrailles frémissent de plaisir.

C'est ce que je veux. Je veux qu'il m'attrape. Qu'il me baise. Qu'il me *noue*.

Mais je veux aussi le faire courir pour cela. Lui prouver que je suis une compagne digne. Digne de *lui*.

Je bondis dans l'escalier rocheux qui borde l'une des cascades du dôme, bien décidée à distancer mon Alpha.

À cause de sa taille, il a du mal à se faufiler dans des espaces étroits, ce qui me donne un avantage. Cachée derrière la chute d'eau, je repère un passage sous un rocher en surplomb. Je rampe sous le rocher et me glisse de l'autre côté, puis je jette un coup d'œil en arrière et découvre qu'il me regarde à travers l'étroit passage.

Je jurerais que ma louve sourit. Et j'entends très bien son grondement de loup. Il devra trouver un autre chemin pour m'attraper.

Je repars en faisant attention de ne pas déraper sur la pierre lisse, et je trottine le long de la cascade jusqu'à une corniche qui semble faire le tour de la montagne.

Je ne suis pas très haut, peut-être cinq ou six mètres, mais c'est assez pour qu'il ne puisse pas m'atteindre. Il m'en fait prendre clairement conscience lorsqu'il redescend d'un bond et me remarque sur le bord de la falaise.

Il émet un autre grognement, celui-ci de mise en garde. *Fais attention*, me dit-il.

Non pas que j'aie besoin de cet avertissement. Je suis très consciente de la précieuse vie qui est en moi, tout comme ma louve. Nous ne ferons rien qui puisse nous nuire ou nuire à notre chiot à naître.

Mais ma louve et moi allons jouer à ce jeu de piste avec mon compagnon.

Mon animal file rapidement le long de l'étroit sentier en direction d'une autre cascade, puis s'arrête pour chercher de nouveau Enrique.

Seulement, il n'est plus en vue.

Je sourcille intérieurement tandis que ma bête rampe derrière la nouvelle cascade pour examiner les pierres en dessous. Sauf que nous trouvons à la place une magnifique lagune qui me rappelle la caverne dans laquelle je me suis cachée à notre arrivée sur l'île.

C'est un endroit chaud et confortable avec des éclats de soleil qui illuminent les verts et les bleus de l'eau et de la nature environnante.

*Wow*, m'émerveillé-je alors que ma louve s'avance pour toucher timidement l'eau. *C'est chaud et…*

Un poids énorme me plaque sur le flanc, me fait tomber dans la lagune en poussant un glapissement. Je suis sur le point de me transformer pour retrouver mes bras, quand je réalise que l'eau n'est pas du tout profonde ici. Peut-être quelques centimètres.

Ma louve se lève et secoue son pelage, puis se fige quand des mâchoires massives se referment sur notre nuque.

*Enrique.*

C'était lui ce poids lourd. Il ne nous a pas heurtées fort, nous a juste poussées dans l'eau, et maintenant il nous surplombe, triomphant, avec son gros museau bloqué sur mon cou.

Ma louve se soumet aussitôt, s'aplatit sous lui et lui fait savoir qu'elle est à lui en tout point.

Je ne sais pas trop comment il s'est faufilé jusqu'à nous ni même d'où il vient, mais ma louve et moi l'approuvons. Parce que c'est excitant de voir à quel point il est puissant, fort et silencieux. Un brillant chasseur. Un parfait protecteur.

*Et il est à moi*, m'émerveillé-je. *Tout à moi.*

Il me relâche progressivement, puis frotte son museau contre le mien.

Ma louve fait de même avant de s'allonger et de rouler sur le dos sur un rocher proche qui émerge de l'eau. Il s'approche pour l'examiner, promenant sa truffe le long de sa gorge exposée avant de mordiller sa gueule.

Je souris intérieurement, j'aime la façon dont nos loups s'amusent.

Mais il y a un courant de chaleur sous-jacent dans mes veines qui me donne envie de me transformer. Mon Alpha doit le sentir aussi, car il grogne, et l'instant d'après, nous reprenons tous deux nos formes humaines. Il me saisit à la gorge, sa bouche est sur la mienne en un instant, son corps couvre le mien sur le rocher.

Il n'y a pas de mots. Juste des pincements et des léchouilles et beaucoup de langue.

Il m'a attrapée. Maintenant, il va me baiser. Et je suis tout à fait pour.

Il palpe mon sein, son autre main toujours autour de ma gorge pendant qu'il dévore ma bouche. Tout n'est que chaleur, passion et intentions sensuelles.

Je tremble sous lui, happée par son contact, sa domination, son *tout*.

Car c'est ma vie maintenant. Je suis à lui. Pour toujours. Plus d'avenir obscur. Finis les destins horribles.

Tout ce que je vois, c'est la lumière. Tout ce que je vois, c'est *Enrique*.

Il plante ses dents dans ma lèvre inférieure, pas assez fort pour la faire saigner, mais assez pour causer un bleu. Puis il trace un chemin de baisers vers mon oreille avant que je puisse riposter.

— Je vais te nouer ici, Caja. Puis je vais te traîner

sous cette cascade et te baiser à nouveau pendant que l'eau coulera sur nous.

Je frissonne, ces intentions coquines éveillant une myriade de visions dans mon esprit.

— Oui.

L'idée qu'il me noue n'importe où me séduit.

Je veux juste qu'il soit en moi, qu'il me revendique comme sienne de la manière la plus intime qui soit.

Il écarte mes jambes et pointe son gland à mon entrée, sans s'embarrasser de préliminaires. Ce n'est pas nécessaire. Cette course-poursuite a été un préliminaire suffisant. Et son baiser... Je n'ai besoin de rien d'autre. Juste de lui. Toujours lui.

Il se plante en moi sans crier gare, me forçant à le prendre jusqu'à la garde. Je cambre le dos sur le rocher, mais il me repousse dessus et adopte un rythme qui devrait me faire mal, mais non. C'est trop bon. Incroyable. *Parfait.*

Sa main autour de ma gorge glisse sur ma nuque alors qu'il m'embrasse à nouveau, empoignant ma hanche de l'autre main pour me maintenir là où il le souhaite.

Dieux, ce mâle est puissant. J'aime sentir sa force contre moi, ses muscles qui se tendent à chaque poussée sauvage. C'est érotique. C'est euphorique. C'est... c'est...

Je hurle quand son nœud explose soudain en moi, son orgasme me poussant à basculer avec lui dans une extase qui me coupe le souffle. La vue. La *vie.*

Je jurerais que je viens de mourir.

Mais je suis ramenée à la vie par un spasme qui ondule dans tout mon corps.

Or il bouge encore, fléchissant subtilement ses hanches tandis qu'il me baise avec son *nœud*.

— *Enrique*, gémis-je, mes entrailles brûlant de sa semence et de son bulbe en mouvement. Trop, haleté-je. Trop.

— Tu peux le supporter, *tesoro*, me dit-il en m'embrassant doucement. Détends-toi et laisse-moi te faire plaisir.

C'est difficile d'obéir à cette demande – *ou est-ce un ordre ?* – mais j'essaie. Il me soulève du rocher, ce qui me fait resserrer automatiquement mes jambes autour de lui, ainsi que mon canal.

Un cri aigu m'échappe alors que son nœud s'enfonce plus profond.

Et soudain, je vois des étoiles. Du genre brillantes. Du genre chaudes. Du genre *orgasmiques*.

Enrique gronde contre moi, ce qui soulève une nouvelle vague de désir en moi malgré le plaisir actuel.

Je ne sais pas comment il fait. Et je ne pose pas de questions. Je me contente de… le laisser mener la danse. M'emmener où il veut. Me nouer comme il le souhaite.

Le bruit de la cascade parvient à mes oreilles, et soudain, l'eau se déverse sur et autour de nous, me noyant dans une mer de chaleur.

Enrique descend dans une lagune avec le soleil qui brille au-dessus de sa tête, puis il me plaque contre un autre rocher. Sauf qu'au lieu de m'allonger dessus, il me dit :

— Pose tes mains derrière toi pour rester debout.

Je tremble mais je fais ce qu'il me dit.

Puis il attrape mes hanches et commence à se balancer lentement contre moi.

Son nœud est si incroyablement profond que chaque mouvement en arrière crée une sorte de tiraillement délicieux, qu'il apaise à chaque mouvement en avant.

C'est intense. Et cela me maintient dans un état de félicité perpétuelle. Une félicité qui ne s'estompe que lorsque son nœud ressort enfin. Pour revenir aussitôt quand il recommence à me pilonner.

Je suis enrouée à force de crier, mes ongles sont pratiquement incrustés dans la roche derrière moi.

C'est écrasant. C'est incroyable. *C'est nous*.

Je halète son nom, je supplie d'en avoir plus et je finis par m'effondrer lorsqu'il me pénètre à nouveau.

Le plaisir est trop grand. Je ne vois plus rien malgré le soleil éclatant au-dessus. Je suis complètement perdue dans mon Alpha. Mon Enrique. Mon *compagnon*.

Et il me murmure des mots doux à l'oreille, me félicite de le prendre en moi, me remercie de lui faire confiance, me promet de me faire jouir comme ça tous les jours jusqu'à la fin de notre vie.

Je hoche la tête, étourdie, et réalise tardivement qu'il ronronne. J'essaie de me blottir contre lui, mais il se tient toujours au-dessus de moi, sa queue profondément enfoncée en moi, son nœud palpitant. Pendant que je suis béate sur le rocher, que je souffle à grands coups et que j'essaie de me rappeler comment fonctionner.

Finalement, le monde paraît se redresser de lui-même. Ou peut-être que c'est juste moi qui m'assois.

Il m'attrape par la nuque pour me maintenir en

place quand je commence à chanceler. J'empoigne son épaule et plaque mon autre main sur sa poitrine juste au moment où son nœud glisse hors de moi.

Un sourire paresseux se dessine sur mes lèvres, celui qui naît de l'épuisement et de la satiété. Un nouveau type de sourire que je ne me savais pas capable d'afficher ni même d'accepter. Mais le voici.

Nous voici.

Et il n'y a aucun autre endroit où je préférerais être.

Je baisse les yeux sur sa virilité prononcée, remarquant que mon compagnon est déjà dur. Tout comme je suis déjà mouillée.

Il n'y a donc qu'une seule chose à dire. Une exigence que j'émets en un souffle rauque :

— *Encore.*

**Merci d'avoir lu l'histoire d'Enrique et Caja ! Si tu l'as appréciée, pense à laisser une critique. Et fais-moi savoir aussi quel couple tu aimerais lire ensuite dans ce monde !**

**Câlins,**
**Lexi**

L'auteure à succès d'*USA Today* Lexi C. Foss est une écrivaine perdue dans le monde de l'informatique. Elle vit à Holly Springs, en Caroline du Nord, avec son mari et leurs enfants à fourrure. Quand elle n'écrit pas, elle est occupée à cocher des cases sur sa liste de voyages à faire. On peut retrouver beaucoup des endroits qu'elle a visités dans ses écrits, notamment le monde mythique d'Hydria, inspiré d'Hydra, dans les îles grecques. Elle est excentrique, boit beaucoup trop de café et adore nager. Tchao !

https://www.lexicfoss.com/Français

Pour être au courant des dernières nouvelles et connaître les dates de publication, abonnez-vous à ma newsletter:
https://www.lexicfoss.com/la-newsletter-de-lexi

# LIVRES DE L'AUTEURE LEXI C. FOSS

**Alliance de Sang**

L'Esclave du Vampire

Le Vampire Royal

La Triade de l'Alpha

Le Vampire Rebelle

Le Roi Vampire

Le Vampire Cruel

Le Vampire Éternel

**Dans l'univers de L'Alliance de Sang**

Désire-moi - Nyx/Vesperus

Le Jour du Sang

**Faë de Lucifer**

La Captive des Faë de Lucifer

Le Directeur des Faë de Lucifer

Le Commandant des Faë de Lucifer

Le Prince des Faë de Lucifer

**La Malédiction des Immortels**

Les Lois du Sang

Des Liens Interdits

Cœur de Sang

Les Liens du Sang

Les Liens des Anges

Chercheur de Sang

Le Poids du Sang

Des Liens Dangereux

Le Roi de Sang

## La Reine des Éléments

Livre Un

Livre Deux

Livre Trois

la Nouvelle Génération

## La Reine des Faë de l'Hiver

La Reine des Faë de l'Hiver

## La Reine des Faë de Minuit

Livre Un

Livre Deux

Livre Trois

Livre Quatre

Le Conte de Faë d'Ella - Un préquel

## Les Anges Déchus

Le Commencement

La Princesse Bannie

Le Roi de la Prison

Le prince Noir